AF177442

Ulla Buthe

Killer & Liebe

www.tredition.de

Umschlag, Illustration: Coverfoto: twinlili / pi-
xelio.de

Verlag und Druck: tredition GmbH, Hamburg

ISBN
Paperback: 978-3-7469-4815-7
Hardcover: 978-3-7469-4816-4
e-Book: 978-3-7469-4817-1

Eins

Samstag, 12. April 2014, Köln und Olpe

«Mistkerl», rief Marlene. 15:55 Uhr. Eine Nachricht vom Chef. «Ankunft erst Sonntag, abholen nicht nötig. Sorry. Du hast Montag frei, ich komme nachmittags vorbei.» Sie stampfte mit dem Fuß auf, steckte das Handy weg.

Sie sollte ihn doch heute um 18:15 Uhr am Flughafen abholen. Erst die Geschäftsreise ohne sie und jetzt das. Okay, wenn sie noch in Olpe gewesen wäre, hätte die Nachricht sie rechtzeitig erreicht. Aber sie wollte ja vorher unbedingt shoppen. Deshalb war sie früher losgefahren. Sie setzte sich auf einen Pollerstein vor der Kreuzblume auf der Domplatte, stellte die Papiereinkaufstüte auf den Boden. Was nun?

Ein Mann schaute in ihre Richtung, kam direkt auf sie zu. «Gudrun?» Er lächelte, reichte ihr die Hand. «Ich bin Ru … ähm, Fabian. Darf ich Sie zu einem Kaffee ins Ludwig im Museum einladen?»

«Ja, gerne», antwortete Marlene. «Ein Café wäre ideal zum Aufwärmen.» Sie zitterte vor Aufregung. Aber auch, weil es an diesem Samstagnachmittag Anfang April kühl war. Höchstens 15 Grad. Zum Flughafen brauchte sie ja nicht mehr fahren. Warum sollte sie den Irrtum aufklären?

«Der Wind am Dom ist schrecklich», meinte der Fremde. Er zog seinen anthrazitfarbenen Mantel aus, legte ihn über ihre Schultern. «Der passt wunderbar zum Kostüm. Besser so?» Er hob die Einkaufstüte auf.

«Dankeschön, Fabian!» Mehr sagte sie nicht. Normalerweise redete sie viel. Doch die Fürsorge dieses Mannes verschlug ihr die Sprache.

«Kommen Sie!» Er nahm sie an die Hand. «Es sind nur ein paar Schritte.»

Sie gingen los. Marlene freute sich auf einen Kaffee mit dem Fremden, der wie Richard Gere aussah und einen grauen Maßanzug trug. Dann war sie ja nicht umsonst vom Sauerland nach Köln gefahren. Ihr letztes Date hatte vor gefühlten 40 Jahren stattgefunden. Der Gentleman gefiel ihr, seine Hand fühlte sich warm an. Wenn schon ein kleines Abenteuer, dann dieses.

Im Ludwig führte sie die Kellnerin zum letzten freien Tisch an der Fensterfront. «Was darf ich Ihnen bringen?»

Fabian legte den Mantel über die Stuhllehne. «Zwei Kaffee, bitte!»

«Für mich ein Stück Käsekuchen», sagte Marlene. Sie hatte morgens nur eine Banane gegessen. Der Magen knurrte bedrohlich. «Für Sie auch?»

«Nein, danke. Ich verwahr mir meinen Hunger für gleich.» Er saß ihr gegenüber, sah sie mit seinen dunklen Augen an. «Der Chauffeur fährt uns um fünf ins *Tzukis*. Das noble Fischrestaurant ist ein Geheimtipp der Gourmets. Man hat Glück, wenn man dort speisen darf. Da Ihr Sohn kurzfristig verhindert ist, begleite ich Sie gern dorthin. Die Firma beansprucht bestimmt viel Zeit.»

«Ja, viel zu viel.» Marlene log nicht, sie kannte das. Sie war zwar keine Unternehmerin, sondern nur Sekretärin, aber immerhin Chefsekretärin.

Die Bedienung stellte die Kaffeetassen und den Kuchen auf den Tisch. «Bitteschön!»

Die Unterbrechung kam ihr sehr gelegen. Sie musste aufpassen, was sie sagte. Sonst flog der Schwindel auf. In Ordnung, der Typ war nett, Fisch aß sie gern. Ebenso den Käsekuchen, der köstlich schmeckte. Auch der Kaffee war ein Genuss. Ihr Magen gab Ruhe.

«Ihr Sohn meinte, dass Sie Karten haben für die Oper heute Abend. Was wird gespielt? Gudrun, möchten Sie, dass ich nach dem Essen mitkomme?»

Oh je, Marlene hatte weder Kinder, erst recht keine Opernkarten. Was sollte sie antworten? Sie stopfte das letzte Stückchen Kuchen in den Mund, kaute, nickte. «Ich hasse Opern.» Das wäre geschafft. Das Thema Musik war unverfänglicher als Firma oder Familie. «Viel lieber mag ich Musikkneipen. Welche können Sie empfehlen?»

«Ich kenne einen Irish Pub. Dort bekommen wir bestimmt Tipps. Ich wohne noch nicht lange in Köln.» Fabian winkte der Bedienung, zeigte auf die Kaffeetassen. «Nochmal zwei, nach draußen bitte!»

Er stand auf, nahm den Mantel. «Ist es Ihnen recht?», fragte er.

«Gute Idee, jetzt wo die Sonne rauskommt.» Sie folgte ihm auf die Terrasse.

Ein Kellner brachte den Kaffee und einen Aschenbecher an den Tisch. Sollte sie es wagen, die Zigarettenschachtel aus der Tasche zu nehmen? Auch auf die Gefahr hin, dass er Nichtraucher ist? So wie ihr Chef, der es nicht duldete, in seiner Gegenwart zu rauchen.

Marlene strahlte, als ihr Fabian eine Zigarette anbot, so als wäre es das Natürlichste der Welt. «Draußen darf man das. Noch.» Er lachte, gab ihr Feuer. «Welche Musik hörst du gerne?» Bevor sie antwortete, entschuldigte er sich für das Du. «Ist mir so rausgerutscht. Vor lauter Freude, weil Sie auch rauchen.»

«Duzen ist okay. Musikmäßig mag ich zum Beispiel die Beatles, die Rolling Stones, Pink Floyd, Deep Purple, Blues.»

«Echt? Klasse!» «Hast du Karten für das Konzert der Stones am 19. Juni in Düsseldorf? Die habe ich nie live erlebt.» Fabian trank einen Schluck Kaffee.

«Nein, es gibt nur noch völlig überteuerte Tickets auf dem Schwarzmarkt.»

«Soll ich versuchen, welche zu bekommen? Würdest du mitkommen?»

«Ja, das wäre toll!»

Marlene vergaß vor lauter Aufregung den Kaffee, sogar die Zigarette. Endlich mal ein Mann, mit dem sie über Musik reden konnte. Mit ihm würde sie gerne den Rhythmus fühlen, die Magie durchtanzter Nächte erleben. Sie räusperte sich. «Oh je, das geht nicht. Als meine Freundin und ich im März merkten, dass alle Karten innerhalb weniger Minuten weg waren, haben wir spontan Kreta gebucht. Diesen Urlaub gönne ich mir, dann muss mein Sohn mal ohne mich mit der Firma klarkommen.»

Eigentlich meinte Marlene ja ihren Chef, der gegen den Urlaub gewesen war. Allein bekam der terminlich nie was auf die Reihe. Außerdem liebte er keine Musik. Sie tanzte nur, wenn er nicht da war.

Zeitgleich mit Fabian drückte sie die Zigarette im Aschenbecher aus. Ihre Hände berührten sich. Marlene dachte sofort an knisternde Funken von Wunderkerzen. «Vom 20. bis 22. Juni findet in Matala das Beach Festival statt. Das könnte dir gefallen.» Insgeheim hoffte sie, dass er mitkommen würde. Es überraschte sie, dass sie sich das so spontan wünschte. Okay, er war eine Zufallsbekanntschaft, aber eine, die sie völlig durcheinanderbrachte. Positiv gesehen.

«Matala?», fragte Fabian. «In der kleinen Bucht mit den Höhlen?» Er zündete zwei Zigaretten an, eine reichte er ihr über den Tisch.

«Ja, ich möchte das Hippiefeeling der 60er, 70er Jahre endlich mal erleben. Damals hatte ich keine Zeit.» Sie trank den letzten Schluck Kaffee, der mittlerweile kalt war. Es störte sie nicht, weil sich ein wohlig warmes Gefühl in ihrem Bauch ausbreitete.

«Tische trennen.» Fabian stand auf, nahm seinen Stuhl, setzte sich neben sie. «Ich war 1970 einen Monat dort mit Motorrad und meiner Gitarre.» Fast hätte er erwähnt, dass es im Sommerurlaub während seiner Gesellenzeit als Tischler war. Was sollte eine Unternehmerin mit einem Handwerker anfangen? Na ja, inzwischen aber Meister, der leider in die Pleite gerutscht war.

«Hast du mit den Hippies in den Höhlen gelebt?» Marlene strahlte ihn an, legte ihre Hand auf seinen Arm. Sie genoss die Nähe des Mannes, der ihr immer sympathischer wurde.

«Zuerst hatte ich ein winziges Zimmer in einer Pension, dann blieb ich in den Höhlen bei den Menschen, die aus aller Welt kamen. Wir quatschten, spielten Sessions, tanzten, vergaßen Zeit und Raum.»

«Waren deine Haare damals auch lang?»

«Ja, eine dunkle Lockenpracht ... heute sind sie halt so.» Er strich mit der Hand über die kurzen, grauen Stoppeln auf seinem Kopf.

Ein Handy klingelte, ziemlich schrill. Es war Fabians, ein kleines normales Telefon, kein Smartphone. Eine wütende Stimme brüllte ihn an.

«Ja, Boss! Entschuldigung. Geht klar, sofort.» Er stand auf, kramte einen fünfzig Euro Schein aus der Hosentasche, legte ihn auf den Tisch. Nervös wirkte er, sehr sogar.

Marlene erhob sich ebenfalls. «Müssen wir los?»

«Ja ... nein!», stotterte er. Spontan umarmte er sie, hauchte einen Kuss auf ihren Mund. «Ich habe meinen ersten Auftrag vergeigt. Sorry, die richtige Gudrun wartet bei der Limousine.» Er nahm den Mantel, rannte los, kam zurück. «Wie heißt du?»

«Marlene.» Sie setzte sich wieder hin. Ich ...»

«Sag mir deine Handynummer», unterbrach er sie.

Sie holte eine Visitenkarte aus der Tasche.

Fabian sah kurz hin. «Oh, du wohnst im Sauerland. Danke, ich melde mich.»

Traurig sah sie ihm nach. Der Traummann lief über den Platz zu einem silberfarbenen Bentley. Dort stand die Auftragsfrau, die ähnlich wie sie aussah. Schlanke Figur, Pagenkopf Frisur. Sie trug ebenfalls ein dunkelblaues Business Kostüm. Ein Mann in Chauffeuruniform öffnete die Türen zum Fond, ließ die beiden einsteigen. Wieso hatten die hinteren Fenster und die Heckscheibe blickdichte Vorhänge? Damit niemand sah, wer im Wagen saß? War Fabian etwa ein sogenannter professioneller Begleiter? Warum lagen dann die 50 Euro hier? Wenn sie ihn engagiert hätte, müsste sie doch alles zahlen. Oder?

Sie winkte der Bedienung, zahlte mit dem Schein, gab großzügiges Trinkgeld. Den Rest des Geldes steckte sie ein, rauchte eine von ihren Zigaretten. Wie gern säße sie neben ihm in dem Luxuswagen. Aber das wäre zu teuer für sie. Außerdem wollte sie keinen bezahlten Mann. So einer würde doch niemals ein Freund sein. Obwohl ...

vielleicht ruft er ja an. Was sollte sie jetzt noch in Köln? Alleine in ein Restaurant oder eine Kneipe gehen? Nein, das war sie nicht gewohnt. Sie stand auf, eilte in Richtung Parkhaus Dom.

Ein junger Typ in Bikerkleidung folgte ihr, sprach in ein Handy-Headset. «Die Dame geht zum Dom ... sie sucht ihr Auto in der Tiefgarage. Oh, den Wagen kenne ich.»

Er versteckte sich hinter einem Pfeiler, als Marlene einstieg. «Schwarzer Mercedes aus Olpe. Den habe ich vor drei Monaten zurück ins Sauerland gebracht. Die Frau vom Firmenboss konnte ja nicht mehr fahren. Soll ich der Fremden folgen?» Er rannte los. «Und wer kellnert gleich? Aha! Meinst du wirklich, dass die hier geschnüffelt hat? Ja, Ma-Pa!» Am Museum Ludwig öffnete er die Traveller Box an einer Harley. «Was passt dir nicht an Ma-Pa? Du bist nun mal Mama und Papa für mich ... klar, du bist der Boss ... ja, ich bleib dran ... okay, Ma-Pa-Boss.» Hastig legte er den Nierengurt um, setzte den Helm auf, zog die Handschuhe an. Mit quietschenden Reifen fuhr er los.

Zwei

Samstagabend, 12. April, Köln und Olpe

Fabian hörte Gudrun im Bentley nur halbherzig zu. Sie erzählte von den Erfolgen der Firma, meckerte über ihren Sohn mit den eigenen Vorstellungen von Geschäften. In Gedanken war er bei Marlene. Diese Frau hatte genau so eine hungrige Seele wie er. Sein Gefühl täuschte ihn selten. Fuhr sie jetzt zurück nach Olpe? Er würde sie gern wiedersehen. Ob das bei dem Job im Begleitservice *Glücksbringer* überhaupt möglich war? Er fühlte sich unwohl dabei. Aber es war besser als ein Leben auf der Straße. Der Boss war ihm unheimlich. Wieso spielte er den Chauffeur? Um ihn zu beobachten beim ersten Einsatz? Wegen der Vorhänge sah er nicht, wohin sie fuhren.

*

Marlene war mittlerweile auf der A4. Dank Navi hatte sie die Auffahrt Richtung Olpe gefunden. Der Firmenwagen war ihr fremd, ungewohnt, zu schnell für sie. Die übermäßig vielen technischen Details fand sie überflüssig. Vorher hatte ihn die Frau des Chefs gefahren. Nachdem sie vor einem Vierteljahr plötzlich gestorben war, durfte Marlene das Auto privat nutzen. Ihr uralter Golf hatte den Geist aufgegeben. «Halt mehr Abstand, du Blödmann!», fluchte sie. Der Scheinwerfer des Motorrads hinter ihr blendete. Sie kippte den Rückspiegel, drückte aufs Gaspedal.

*

Der Bentley hielt am Ende einer Auffahrt an. Der Boss stieg aus, öffnete die Fondtüren. «Den Mantel können Sie im Wagen lassen, Fabian!», sagte er. Er führte ihn und Gudrun zum Eingang einer Villa, die in einem Park lag. Das walmdachgedeckte Haus sah mit der Veranda, den Giebelfenstern und dem kleinen Anbau gepflegt aus. Hier sollte das berühmte Fischrestaurant sein? Kein Schild wies darauf hin. Waren sie die einzigen Gäste? Galant führte der Chef sie durch die Rundbogen Eingangstür aus dunklem Holz in eine Diele. Dann direkt in einen Raum, der wie ein privates Esszimmer aussah. «Herzlich willkommen im *Tzukis*!»

*

Hinter Overath fuhr Marlene auf den Parkplatz der Raststätte Aggertal, rannte sofort zur Toilette. Das war dringend nötig nach den zwei Tassen Kaffee im Ludwig. Außerdem wollte sie eine Zigarette rauchen, im Auto war es strikt verboten. Sie kramte das Handy aus der Tasche. «Bist du heute Abend im Mythos, Mary? Gegen neun?» Wann war sie das letzte Mal dort gewesen? Vor Ewigkeiten. «Ja, ich tausche die Businesskleidung gegen Jeans und Pulli.» Der Wink mit dem Zaunpfahl saß. Ihre Freundin hatte Recht. Keiner der Freunde erschien overstyled dort. Sie stieg in den Wagen, fuhr mit quietschenden Reifen los. Der Motorradfahrer, der hinter einem parkenden LKW gewartet hatte, folgte ihr.

*

Gudrun gefiel das Ambiente im *Tzukis*. Dezente Musik, Kerzenlicht, Orchideen, der stilvoll gedeckte Tisch. Wenigstens in diesen Dingen zeigte ihr Sohn Geschmack. Sie wunderte sich, dass er vorgehabt hatte, Fisch zu essen. Er mochte kein Fleisch aus dem Wasser, wie er immer sagte. Na ja, vielleicht war das der Grund für seinen anderen Termin heute. Sie hatte sich anfangs gewehrt, mit einer fremden Begleitung den Abend zu verbringen. Aber Fabian war ein sympathischer Mensch, höflich, unaufdringlich. Auf privater Ebene war sie unsicher in der Gegenwart von Männern. Geschäftlich hatte sie damit weniger Probleme. Ihr

Gatte hatte sie vor zehn Jahren verlassen, weil er keine Firma als Ehefrau brauchte.

Der Boss betrat das Esszimmer. Diesmal als Ober im Smoking. Er legte vier Spielkarten auf den Tisch. «Heute empfehle ich Ihnen diese Fischgerichte. Alle fangfrisch und exzellent zubereitet. Lassen Sie sich überraschen. Bitte wählen Sie.»

Gudrun reichte ihm die Herz Dame, Fabian den Kreuz Buben.

«Ausgezeichnet! Madame, Ihr Wunsch ist eine Spezialität des Hauses. Im Ofen gebackene Filetstücke mit Gemüseschuppen an Champagnersauce. Mein Herr, für Sie gibt es Lachs im Baconmantel an Kräutersauce mit Meeresfrüchtesalat.» Er nahm die Spielkarten vom Tisch. «Dazu passt unser Hauswein, ein Chardonnay.»

«Für mich bitte noch ein stilles Wasser.»

«Gerne.» Der Ober verließ den Raum.

«So eine Speisekarte mit Überraschungen habe ich noch nie erlebt.» Die Unternehmerin lachte. «Wussten Sie das?»

«Nein, aber es hat was.» Fabian war ebenfalls zum ersten Mal hier. Warum schlüpfte sein Boss auch in die Rolle des Kellners? Wohnte er hier? «Sind Sie zufrieden mit der Wahl Ihrer Spielkarte?», fragte er.

«Ja», meinte Gudrun. «Langsam verstehe ich, dass dieses Restaurant ein Geheimtipp ist. Alles ist anders.»

Der Ober kam mit einem Tablett herein. «Das hors d'oeuvre des Hauses.» Er reichte den beiden die Vorspeise. «Carpaccio an Wasabi Avocado Dipp und einen Prosecco mit Zitronensorbet als Aperitif.»

Er ging zur Tür. «Den Wein bringe ich Ihnen zusammen mit dem Fisch. Je vous souhaite bon appétit.»

*

Marlene bog in Olpe Süd von der A4 ab. Es war mittlerweile Viertel nach sechs. Wie gern würde sie jetzt mit dem Unbekannten im noblen Fischrestaurant sitzen. Mit ihm später durch die Musikkneipen in Köln ziehen, ihn näher kennenlernen. Sie glaubte nicht an die Liebe auf den ersten Blick. Obwohl ... so ein leises Kribbeln im Bauch war da. Meldete sich der Hunger? Auf eine Currywurst, einen Döner oder eine Pizza? Vor ihrer Lieblingspizzeria hielt sie an.

Im *Tzukis* nippte Gudrun am Prosecco. «Ich habe Karten für die Premiere vom Freischütz. Es soll eine ziemlich gewagte Inszenierung sein. Begleiten Sie mich nach dem Dinner in die Oper am Dom?»

Fabian nickte. «Wann beginnt die Aufführung?» Er bestrich die hauchdünnen Fischscheiben mit dem Dipp.

«Um 19:30 Uhr.» Sie sah auf ihre Armbanduhr. «In einer Stunde.»

«Das wird knapp», bemerkte er, in der Hoffnung, dass sie hier im Restaurant blieben.

«Dann kommen wir halt in der Pause an und erleben den Rest der Premiere.» Gudrun probierte die Vorspeise. «Köstlich!»

Der Ober brachte den Wein, der in eine Karaffe umgefüllt war, ebenso eine Flasche stilles Wasser. «Bitte füllen Sie die Gläser!», sagte er zu Fabian. «Ich serviere in Kürze den Fisch.» In aller Ruhe verließ er das Esszimmer. Warum hatte er keinen Smoking für ihn als Kleidung angeordnet, sondern den Anzug? Die Unternehmerin trug nur ein Kostüm. Hatte sie ein Abendkleid zum Umziehen mit? Verhinderte der Boss den Besuch der Oper? Erst eine halbe Stunde später kam er mit dem Hauptgang zurück. Er war bestimmt auch der Koch.

*

Im Apartment zog Marlene die Pumps und die Kostümjacke aus. Sie packte die Pizza Hawaii auf einen Teller. Aus einem Pappkarton aß sie nicht. Sie öffnete den Vogelkäfig, machte das Radio an, stellte das Abendessen auf den Beistelltisch neben dem Relaxsessel im Wohnzimmer.

Ein blauer Wellensittich flog auf ihre Schulter. «Hey, Bobby!», sagte sie. «Wie geht es dir?»

Sie setzte sich in den Sessel, biss in ein Stück Pizza.

Der Vogel sang eine Antwort, die wahrscheinlich nur sie verstand.

«Gut, das ist okay. Du wirst es nicht glauben ...» Sie kaute weiter. «Heute habe ich meinem Traummann getroffen. Einen, mit dem man bestimmt tanzen kann. Leider ist der wieder weg. Drück mir die Zehen, dass er anruft.»

Bobby knabberte an ihrem Ohr, flog dann auf die Hand, pickte die Krümel auf.

*

Fabian aß das letzte Stück Lachs, tupfte mit der Stoffserviette seinen Mund ab, trank einen Schluck Chardonnay.

Die Lady, die ihm gegenüber am Tisch saß, nahm ihr Glas. «Zum Wohl!», sagte sie. «Mein Sohn hat ein Gespür fürs Besondere. Das Essen hier ist ausgezeichnet. War Ihr Kreuz Bube auch so gut?»

«Ja, vor allem die Kräutersauce.» Hoffentlich war der Abend bald vorbei. Er würde so gern noch Marlene anrufen. Es war inzwischen acht Uhr. Den Anfang der Oper hatten sie verpasst. Gudrun schien es nicht zu stören.

Der Ober trat ein. Fabian wunderte sich, wieso der Boss wusste, dass sie mit dem Essen fertig waren. Bestimmt konnte er ihre Gespräche übers Handy hören. Sein Chef hatte ja gesagt, dass es immer der direkte Kontakt zu ihm wäre. Er stellte die leeren Teller auf ein Tablett, legte das Besteck dazu. «Möchten Sie ein Dessert?», fragte er die beiden. «Ich empfehle unsere Limettenmousse an Honigkaramell.»

*

Marlene stand vor dem Kleiderschrank, prall gefüllt mit Kostümen, Hosenanzügen, Kleidern, Blusen, Tops. Sie kramte eine Reisetasche hervor.

Bobby saß zwitschernd auf ihrer Schulter. «Was meinst du? Soll ich die schwarze oder die helle Jeans anziehen?» Da keine Antwort kam, entschied sie sich für die dunkle, die besser zu den Sneakers passte. Dazu ein rotes Shirt und die Lederjacke. Diese Freizeitkleidung trug sie fast nie. Sie brachte den Wellensittich zurück in den Käfig.

*

Zum Abschluss des Menüs servierte der Boss Espresso.

Gudrun bat um die Rechnung.

«Madame, Sie sind herzlich eingeladen.»

Hatte ihr Sohn etwa im Voraus bezahlt? Sie stand auf. «Wo, bitteschön, ist die Toilette?»

«In der Diele rechts.»

Nach zwei Schritten stolperte sie, konnte sich aber noch an der Tischkante festhalten.

Der Ober geleitete sie zur Tür des Esszimmers. «Alles in Ordnung?», fragte er.

«Ja, ja! Ich bin nur umgeknickt.» Sie ging vorsichtig hinaus.

«Zu viel Wein, oder?», meinte der Boss.

Fabian schüttelte den Kopf. «Nein, bestimmt nicht.» Er deutete auf das Weinglas. «Ihr erstes … es ist noch halb voll.»

Gudrun kam mit schleppenden Schritten zurück in den Raum. «Entschuldigung, ich bin Alkohol nicht gewohnt. Würden Sie mich bitte nach Hause fahren?» Mit Mühe und Not versuchte sie, die Contenance zu wahren.

*

Marlene nahm den Aufzug. Auf dem Parkplatz vor dem Apartmenthaus ging sie zum Auto, prüfte, ob es verschlossen war. Sie steckte eine Zigarette an, machte sich auf den Weg ins Mythos. Die zehn Minuten schaffte sie zu Fuß. Dann konnte sie auch ein paar Bier trinken nach dem aufregenden Tag in Köln. Unbemerkt folgte ihr der Motorradfahrer, der in der Nähe gewartet hatte.

*

Der Boss, jetzt wieder als Chauffeur gekleidet, brachte die Unternehmerin im Bentley zurück in die Stadt zu ihrer Villa. «Hey, den Mantel nicht vergessen!», rief er, als Fabian ebenfalls ausstieg.

Auf der Treppe zum Eingang musste er Gudrun stützen. Er trug die Tasche, in der das Abendkleid war.

«Dankeschön, es geht mir schon besser!», sagte sie leise. Sie schloss die Haustür auf. Fabian folgte ihr ins Haus.

Der Wagen fuhr sofort wieder los. Der Fahrer startete die Musikanlage, hörte Songs von Elvis Presley. Beim Lied *Devil in Disguise* grinste er. Das Handy klingelte. «Moment, Ben!», sagte er über die Freisprechanlage. Er stoppte die CD. «Was ist mit der Frau aus Olpe?»

«Die ist nicht zu diesem Wohnhaus der Firma gefahren, sondern zu einer Apartmentanlage. Dort hat sie auch den Wagen geparkt.»

Es rauschte in der Verbindung. «Telefonierst du etwa, während du Motorrad fährst?», fragte der Boss. Seine Stimme klang besorgt.

«Geht schon, bin ja noch nicht auf der Autobahn. Also, die Fremde ging später in so ein winziges Fachwerkhaus. Ich bin kurz rein, auf die Toilette. Das ist ne Musikkneipe. Der Wirt hat jede Menge CDs und Platten. Er legt richtig gute Mucke auf.»

«Nun sag schon, Kleiner! Mit wem hat sich die Frau getroffen?»

«Offensichtlich mit einer Freundin. Die beiden saßen an der Theke. Da war nichts Auffälliges.»

«Fahr vorsichtig!»

«Klar, großer Bruder!» Ben beschleunigte.

*

Mary öffnete ihren Tabakbeutel, der auf der Theke lag, drehte eine Zigarette. «Kommst du mit nach draußen?»

«Warum das denn?» Marlene schüttelte den Kopf. «Da ist es mir zu kalt.» Sie kramte die Schachtel und das

Feuerzeug aus der Jackentasche, zündete die Zigarette an.

«Bist du verrückt?», rief Taki entsetzt. «Hier ist Rauchverbot, raus mit dir!»

Schnell eilte sie zur Tür, die auf den Hof führte.

Mary folgte ihr. «Du kennst doch das neue Gesetz. Das Mythos ist seit fast einem Jahr keine Raucherkneipe mehr.»

Draußen standen zwar schon die Biergartenmöbel, aber sie blieben am kleinen Tisch mit dem Aschenbecher nah beim Ausgang stehen. Der Wirt kam nach, rauchte ebenfalls.

«Sorry, Taki. Die Macht der Gewohnheit. War ich wirklich so lange nicht mehr hier?», fragte Marlene.

«Stimmt», meinte Taki. «Du hast sogar die Konzerte verpasst. Die magst du doch immer noch, oder?»

«Ja, aber die Arbeit. Da waren viele Termine, sogar am Wochenende.»

«In zwei Wochen spielt *Captain Overdrive* hier. Ich hab die Karten da. Kommst du?»

«Ja, könnte klappen.»

«Super! Ich muss wieder rein ... arbeiten, ohne Zigarette.» Taki grinste. «Früher war es einfacher. Die Leute suchten sich aus, ob sie in eine Raucher- oder Nichtraucherkneipe gingen.»

Die beiden Frauen kehrten ebenfalls zurück ins Mythos. Marlene hielt ihr leeres Glas hoch. «Taki, für mich noch ein Bier. Für Mary ein Alt.»

«Ne, lieber eine Fassbrause, Zitrone!», rief Mary. «Ich bin mit dem Bulli da.»

Taki stellte die Getränke auf die Theke. «Gibt es bei euch in der Oldie-WG morgen Nachmittag wieder frisch gebackenen Kuchen? Dann komme ich vorbei.»

«Klasse! Aber nur, wenn du den VW-Bus checkst. Der hat TÜV nächste Woche. Du als Bulli-Kenner sagst mir dann, ob er vorher noch in die Werkstatt muss.»

«Okay! Und jetzt ein passendes Lied fürs Fahren.» Taki schob eine CD in die Musikanlage. «Das ist *Driving Towards The Daylight*, Joe Bonamassa.»

«Tja, ist halt ziemlich weit zu Fuß bis Halbhusten», sagte Marlene. «Du kannst bei mir übernachten, wenn du willst.»

«Gerne. Wo ist eigentlich dein geliebter Chef? Hast du etwa sturmfrei?»

«Ja, endlich mal.»

«Taki, zwei Ouzo für uns, einen für dich.» Mary umarmte ihre Freundin. «Schön, dass du hier bist. Auf unsere Freundschaft!»

*

Fabian blieb auf dem Weg zu seinem Apartment in der Kölner Nordstadt stehen. Er wartete, bis keine Passanten mehr in der Straße zu sehen waren. Schnell versteckte er sein Handy in einem Blumenkübel in der Nähe einer Telefonsäule. Er kramte Kleingeld aus der Hosentasche. Für ein kurzes Gespräch reichte es.

*

In Marlenes Lederjacke spielte ein Saxophon. Sie zog das Telefon aus der Innentasche, rannte auf den Hof hinaus. Draußen war der Empfang besser. Hoffentlich war es nicht der Chef, der einen Flug früher gebucht hatte und vom Flughafen abgeholt werden wollte.

Sie sah aufs Display: anonymer Anrufer. «Ja?», fragte sie. Es war ihr Traumtyp, der anrief. Er hatte sich die Handynummer gemerkt. Ihre Hand zitterte, als sie eine

Zigarette anzündete. «Nein, ich bin nicht mehr in Köln ... ja, die Fahrt nach Olpe war okay ... ich bin in meiner Lieblingsmusikkneipe. Mythos heißt die.» Sie lächelte. «Ich freue mich auch ...» Das Gespräch brach ab.

Marlene drückte die Zigarette im Aschenbecher aus, ging zurück in die Kneipe.

«Wetten, dass es nicht dein Boss war?», fragte ihre Freundin.

«Wieso merkst du das?»

«In seiner Gegenwart, egal ob der anruft oder anwesend ist, bist du immer stocksteif. Jetzt strahlst du. So gefällst du mir.»

«Das war mein Date von heute Nachmittag.»

«Was? Du hast dich endlich mal mit einem anderen Mann getroffen? Unglaublich!» Mary lachte. «Das müssen wir feiern. Taki, noch zwei Ouzo bitte!»

*

Ben legte Helm und Nierengurt auf die Ablage in der Diele der Villa. Er hängte die Lederjacke an die Garderobe, schlurfte in die Küche, setzte sich an den

Bistrotisch. Das Leder der Motorradhose quietschte bei jeder Bewegung auf dem Stuhlpolster.

«Schon zurück?», fragte sein Bruder. «Bist du wieder gerast wie ein Irrer?» Er räumte weiter die Spülmaschine leer.

«Nö, Samstagabend ist kein Stau auf der Bahn. Hat es ohne mich geklappt heute Abend?»

«Klar! Aber mit dir als Kellner ist es mit dem Kochen einfacher für mich. Außerdem wäre es besser gewesen, wenn der Neue mich beim Essen nicht gesehen hätte. Schon meine Rolle als Chauffeur kam ihm komisch vor. Gut, dass ich in der Küche für ihn unsichtbar war. Aber er hat den ersten Auftrag bei uns gemeistert.»

«Bis auf den Fehler am Anfang.» Ben lachte. «Ist dieser Fabian etwa zu gutmütig für den Job?»

«Nein, der packt das. Ich bin gespannt, ob er sich an meinen Befehl hält, keine privaten Gespräche mit dem Handy zu führen.» Der Boss kam zu Ben an den Tisch. «Hoffentlich macht er es nicht! Wir hätten dann die Nummer der fremden Frau und könnten die Telefonate ebenfalls kontrollieren. Sie hat ihm ja ihre Visitenkarte gezeigt.»

«Meinst du, dass er sich in der Hektik die Nummer gemerkt hat? Im Alter wird man ja vergesslich ...»

«Lass deine Sprüche!», unterbrach der Boss den jüngeren Bruder. «Finde heraus, was die Frau mit dem Chef der Firma in Olpe zu tun hat.»

«Okay, aber nur, wenn du mir was Leckeres kochst.»

*

Marlene brauchte lange, bis sie die Tür öffnete. Die beiden Freundinnen stolperten ins Apartment.

«Männer!», kicherte Mary. «Den jungen Dingern starren sie hinterher. Uns nehmen sie nicht mehr wahr.»

«Die brauchen Frischfleisch, um sich jünger zu fühlen.» Marlene suchte den Lichtschalter. «Unseren Freunden im Mythos haben wir aber das Gegenteil bewiesen.»

«Genau! Flirten geht auch mit uns. Und wie!» Mary öffnete die Kühlschranktür in der Kochzeile. «Typisch, nichts drin. Du kommst morgen, ups ist ja schon heute, mit zur WG. Da gibt es leckeres Essen.»

«In der Schublade sind Müsliriegel und Nüsse.» Marlene knipste das Licht an.

Mary setzte sich in den Relaxsessel, knabberte Erdnüsse aus der fast leeren Dose. «Hast du die CD *Riding with the King* von Eric Clapton und B. B. King?»

«Moment.» Marlene suchte im Regal, startete die CD.

Bobby flatterte auf Marys Hand.

«Was soll das denn? Warum hast du den Wellensittich rausgelassen? Die paar Nüsse will ich allein essen.»

«Er macht die Käfigtür selber auf. Vor allem, wenn er die Nussdose rascheln hört.» Marlene hielt Bobby ihren Finger hin, nahm die letzte Erdnuss, brachte den Vogel zurück in den Käfig, legte ein Tuch darüber. «Der schläft jetzt.» Sie ließ sich aufs Sofa plumpsen, gähnte.

«Hey, nicht einschlafen!», sagte Mary. «Ich will endlich wissen, was los ist. Warum hattest du ein Date? Wo ist überhaupt dein Chef-Lover? Bei den vielen Leuten im Mythos wollte ich dich nicht fragen.» Sie erhob sich vom Sessel. «Möchtest du auch einen Schluck Wasser?»

Marlene nickte, zog ihre Füße aufs Sofa. «Die Kiste Wasser steht auf dem Balkon.»

«Kranwasser tut es auch.» Doch als Mary mit den zwei Gläsern zurückkam, schlief ihre Freundin bereits. «Dann frage ich dich halt morgen.»

*

Fabian saß in der Ein-Zimmer-Wohnung auf dem Hocker an der winzigen Theke in der Küchenecke. Eine andere Sitzgelegenheit gab es nicht, außer auf dem Schlafsofa. Nur das leise Rascheln von Papier und das Klicken eines Kugelschreibers unterbrach die Stille im Raum. Sein Handy hatte er ins Bad gelegt und die Dusche angemacht. Es gab kein Radio, keinen Fernseher hier. Ein PC oder ein Notebook war verboten. Er schrieb einen Brief an Marlene. Es war schwierig, ihr zu erklären, dass er diese Nachrichten heimlich schreiben musste, sogar ohne Absenderadresse. Private Kontakte waren verboten. Er brauchte einen Trick, wie er an Briefmarken und neues Briefpapier kommen konnte.

Seiner Tochter würde er auch einen Brief schreiben. Einen Briefumschlag hatte er noch, er schob ihn in den kleinen Hohlraum unter der oberen Schublade im Wohnzimmerschrank.

Danach hörte sein Handy auf dem Balkon, dass er eine Zigarette ansteckte, den Rauch in die kühle Nachtluft blies. Er spielte *Wonderful Tonight* von Eric Clapton auf seiner Gitarre. Das durfte sein Boss ruhig mithören.

Drei

Sonntag, 13. April, Oldie-WG in Halbhusten und Köln

«Marlene, wach werden!» Mary hielt ihr einen roten Becher vor die Nase. *Morgenmuffel* stand da drauf.

«Oh, danke! Wie spät war es gestern?» Marlene saß auf dem Sofa, streckte sich, trank einen Schluck Kaffee.

«Du meinst wohl heute Morgen. Halb drei. Jetzt ist es elf. Wir fahren gleich los. Um eins gibt es Mittagessen in Halbhusten.»

«Aber ich möchte noch duschen und mich umziehen.»

«Zähneputzen reicht. Stylen brauchst du dich nicht für die Oldies.»

«Hast du gut geschlafen in meinem Bett?» Marlene nahm die Zigaretten, das Feuerzeug aus der Tasche ihrer Lederjacke, die auf dem Boden lag und schlurfte auf den Balkon.

Mary folgte ihr. «Du meinst wohl sein Bett! Seit wann darfst du hier rauchen?»

«Ach so, egal.» Marlene schloss die Balkontür. «Wenn der Rauch draußen bleibt, riecht Georg es nicht in der Wohnung.»

«Wann kommt dein Chef zurück?»

«Wahrscheinlich heute. Auf jeden Fall ist er morgen Mittag hier.

«Warum bist du diesmal nicht mit auf Geschäftsreise?»

«Mary! Bevor weitere Fragen folgen ... ich antworte später, wenn ich wach bin.» Marlene sah auf ihr Handy. Kein verpasster Anruf, keine SMS. Weder vom Chef, noch von dem geheimnisvollen Fremden.

Auf dem Hof ging Marlene auf den Mercedes zu.

«Wieso willst du fahren?», fragte Mary. «Ich nehm dich im Bulli mit. Zurück fährst du mit Taki.»

«Kann sein, dass Georg anruft.»

«Heute ist Sonntag, du hast frei. Basta!» Sie nahm die Freundin an die Hand. «Komm schon. Schalte dein Handy ab.»

Marlene schüttelte den Kopf. «Seinen Anruf nehme ich nicht an, versprochen.» Für den geheimnisvollen Fremden wollte sie aber erreichbar sein. Sie lächelte.

Die beiden Frauen machten sich auf den Weg zum Mythos, Arm in Arm. Sie grüßten die Leute, die ihnen entgegenkamen und sonntäglich fein herausgeputzt waren. Wie es sich für den Gottesdienstbesuch gehörte.

«Mit unseren Kneipenklamotten hätten die uns bestimmt nicht in die Kirche gelassen», meinte Marlene.

Der hellblaue VW-Bus stand mutterseelenallein auf dem Parkplatz gegenüber der Musikkneipe. Mary zog einen Zettel unter dem Scheibenwischer hervor. «Taki kommt um vier. Wir sollen ihm ein Stück Kuchen verwahren.» Sie schloss die Fahrertür auf, stieg ein und öffnete die Beifahrertür.

«Warte», sagte Marlene. Sie zündete eine Zigarette an.

«Steig schon ein. Für mich bitte auch eine. Der Bulli ist Rauch gewohnt.» Mary fuhr los, drehte das Radio leiser. «Endlich kommst du mal nach Halbhusten. Seit fast zwei Jahren wolltest du unsere Oldie-WG kennenlernen.»

«Wohnt der Udo, also der Bienentyp, der ab und zu im Mythos ist, auch dort?»

«Ja, 300 Meter von uns entfernt.»

«Wie konntest du in diese Einöde ziehen?» Marlene drückte ihre Zigarette im Aschenbecher aus. «So weit weg von Olpe. Da gibt es nichts, kein Kino, keine Pizzeria oder Geschäfte und kein Mythos.»

«Wenn ich die Nebenstrecke über den Bratzkopf fahre, sind es nur knapp zehn Kilometer. Von Halbhusten nach Drolshagen nur sieben. Da kann man auch einkaufen. Es fährt sogar ein Bus bis Olpe.»

«Trotzdem, außer Landschaft ist da nichts.»

«Na, dann lass dich mal überraschen!»

Mary summte das Lied *Somebody That I Used To Know* von Gotye im Radio mit. «Bist du jetzt wach?»

«Ja, warum?»

«Was ist los mit dir und deinem Chef-Lover?»

«Hast du mitgekriegt, dass seine Frau plötzlich gestorben war?»

«Ja. Da hast du natürlich sofort gehofft, nicht mehr nur die Geliebte im Stand-by-Modus zu sein. Stimmt's?»

«Kann sein. Aber dann war er so komisch, anders als sonst.»

«Etwa noch cooler?»

«Schlimmer! Er ignorierte mich. All die Jahre war mir klar, dass er sich nicht scheiden lassen konnte, weil die Firma ihr gehörte. Zum ersten Mal ist er jetzt ohne mich auf Geschäftsreise.»

«Sei doch froh, dass du mal Freiraum für dich hast! Und nicht Tag und Nacht für deinen Chef da sein musst. Warum hast du dich auf das Date in Köln eingelassen?»

«Es war zufällig. Ich war neugierig, der Mann war nett. Vielleicht wollte ich wissen, wie es ist, mal wieder zu flirten. Es war schön, ich habe mich wohlgefühlt.»

Kurz hinter Iseringhausen bog Mary links auf die holprige Straße Richtung Halbhusten ab. «Vergiss deinen Chef ... ups!» Der Bus schlingerte, rutschte auf den Seitenstreifen. «Mist, eine Reifenpanne!»

Mit Hilfe ihrer Freundin wechselte sie den Reifen. «Super, was sind wir flott. Sogar nach einer langen

Nacht im Mythos, ohne Frühstück», meinte sie und parkte den Bulli vor der Scheune. «Wie spät ist es?»

«Zehn vor eins», antwortete Marlene. «Zum Geburtstag schenke ich dir endlich mal eine Armbanduhr.»

«Bloß nicht! Zeitlos lebt es sich besser.»

«Warum fragst du dann?»

«Weil heute Premiere ist für Wurzel. Kuni kann zwar kochen, aber er mag keine Backöfen. Unsere Hausfrau Anni hat ihm deshalb ganz genau alles aufgeschrieben für den Nudelauflauf. Sogar mit Zeitangabe der einzelnen Arbeitsschritte, damit er pünktlich fertig wird.»

«Der Ex-Kommissar wohnt auch in der WG?»

«Ja, seit er pensioniert ist. Sein Haus hat er verkauft.»

Die Freundinnen betraten das alte Bauernhaus, gingen in die geräumige Wohnküche. Aus dem CD-Player tönte *Born To Be Wild* von Steppenwolf.

Ein Mann mit grauer Mähne, die er mit einem roten Zopfband gebändigt hatte, saß auf dem Boden vor dem

Herd. Er starrte abwechselnd in den Backofen und auf Annis Zettel.

«Alles klar, Kuni?» Mary bückte sich, küsste ihn.

«Es dauert noch zehn Minuten», murmelte er. Er stand auf. «Bin halt nicht so schnell mit dem Schnippeln von Frühlingszwiebeln und gekochtem Schinken.» Er begrüßte ihre Freundin. «Schön, dass du mal Zeit für uns hast.»

«Hunger, Hunger!» Ein Mädchen stürmte herein. «Mama kommt gleich, sie hat Christel die Haare geschnitten. Darf ich den Tisch decken?» Sie bemerkte Marlene, gab ihr die Hand. «Hilfst du mir?»

«Gute Idee, Jule», sagte Mary. «Wo ist Hugo?»

«Hier bin ich, sogar pünktlich.» Er schlurfte herein, setzte sich an den großen Esstisch, der mitten im Raum stand. «Obwohl ich das Bad geputzt habe. Das hilft bei Parkinson. Jetzt zittern meine Hände kaum noch.»

Tina, Jules Mama, kam ebenfalls, führte Christel zum Chefsessel, wie sie ihn nannte.

Sie tastete den Stuhl daneben ab. «Ist mein Kopf endlich wieder da?», fragte sie.

«Klar.» Mary drückte ihre Hand, setzte sich neben sie. «Fesch siehst du aus, mindestens zehn Jahre jünger. Kurze Haare stehen dir gut.»

«Bin ich jetzt 60?»

«Na ja, eher 75», meinte Mary. In Wirklichkeit war ihre Chefin schon fast 10 Jahre älter, aber das wollte Christel nie glauben. Seit zwei Jahren half sie der Besitzerin des Bauernhofes, trotz ihrer Blindheit und Demenz im Alltag klarzukommen.

«Essen ist fertig.» Kuni stellte die Auflaufform auf das Holzbrett auf dem Tisch. «Jule, holst du bitte noch einen großen Löffel?»

«Wo ist Anni?», fragte Christel.

«Die hat Familientreffen mit ihren sieben Kindern, plus Enkelkinder. Für so viele Leute ist kein Platz hier», antwortete Mary. «Guten Appetit!»

Nach dem Essen zeigte Jule Marlene die Fotos an der Wand im Wohnzimmer. Sie stellte sich auf eins der drei Sofas.

«Das ist unsere WG. Ich bin die Jüngste mit acht Jahren. Wer mich ärgern will, sagt Pippi zu mir.»

Marlene lächelte. Mit den beiden Zöpfen sah sie fast so aus, auch mit ihren blonden Haaren.

«Dann kommt meine Mami Tina. Sie ist 34, mobile Friseurmeisterin. Wenn sie arbeitet, passen die Omas und Opas auf mich auf.»

Sie drehte sich zu Marlene rum.

«Die Bilder hängen hier, falls jemand vergisst, wer hier wohnt. Das hier ist die blinde Christel. Manchmal ist sie auch vergesslich. Sie ist die Älteste mit fast 85 und die Chefin hier. Ihr gehört das Haus. Sehen kann sie die Bilder ja nicht, aber sie erkennt alle Leute an der Stimme. In ein Altenheim will sie nicht. Sie freut sich, dass endlich wieder Leben in der Bude ist.»

Jule deutete auf einen Mann mit kurzen grauen Haaren.

«Hugo ist 78. Als Gärtner gibt er uns super Tipps für den Garten. Weil er Bewegung braucht, geht er auch oft mit Christel spazieren. Sie mag das, weil er ihr immer erzählt, was er sieht. Zwei Oldies unterwegs mit dem Rollator, das ist lustig.»

Jule hopste auf dem Sofa zum nächsten Foto.

«Anni sieht mit ihren langen grauen Locken wie ein Hippie aus. Sie ist 70. Beim Kochen, das macht sie am liebsten, bindet sie immer ein Kopftuch um, damit kein Haar ins Essen fällt.»

Jule sprang vom Sofa. «Die beiden anderen kennst du ja. Mary, unsere zweite Chefin ist 65, sieht und denkt für Christel. Ihr Freund Kuni, ein Jahr älter als sie, nimmt mich öfters auf dem Motorrad mit.»

«Die beiden sind befreundet?», fragte Marlene erstaunt.

«Manchmal jedenfalls knutschen sie.»

*

Der Boss parkte den Bentley vor einem Altenheim etwas außerhalb von Köln. Als er und sein Bruder ausstiegen, stand Gertrud bereits vor der Eingangstür und winkte ihnen zu.

«Moment», sagte Ben und zog sein Handy aus der Hosentasche. «Gib mir deins auch. Du weißt, dass sie Angst hat vor der Strahlung.»

«Was soll der Mist?»

«Tu ihr den Gefallen. Schließlich war sie die beste Freundin unserer Mutter. Sie hat uns nach ihrem Tod anfangs bestens versorgt.»

Widerwillig reichte der Boss es ihm. Ben verstaute die Handys im Handschuhfach.

Die Brüder gingen auf die alte Dame zu, umarmten sie. «Schön, dass ihr da seid. Kommt mit in mein Zimmer. Ich durfte heute Morgen in die Küche und euren Lieblingskuchen backen.»

Sie humpelte vor ihnen her.

Ihr Zimmer war einfach eingerichtet. Ein Bett, ein Schrank, ein Regal, ein Tisch, auf dem so eben die Thermoskanne, der Schokoladenkuchen, ein Messer, sowie drei Teller und drei Tassen Platz hatten.

«Setzt euch. Braucht ihr noch Zucker oder Milch zum Kaffee?»

«Nein, danke.», sagte Ben. «Wer möchte was von diesem leckeren Kuchen?» Natürlich alle. Er zerteilte ihn in gleich große Stücke und legte je eins auf die Teller.

«Wie lange ist das her, dass ich den für euch gebacken habe?», fragte Gertrud.

«Fast genau 20 Jahre», sagte der Boss.

«Oh, da war ich 12 und du schon 25, lieber Bruder.

«Stimmt, Kleiner. Eine Nervensäge warst du ...»

«Und du bist es jetzt. Hängst voll den Chef raus.» Ben seufzte.

«Aber er hat sich gut um dich gekümmert damals. Das tut er bestimmt heute auch noch.»

«Warum hast du uns eingeladen?», fragte der Boss.

«Ich habe bald Geburtstag. Achtzig werde ich. Vorher habe ich noch einen letzten Wunsch. Bitte, lass dir was einfallen, so wie du das bei deiner Mutter getan hast.»

«Gefällt es dir nicht mehr hier?»

«Oh nein, Gertrud!» Ben sprang auf, umarmte sie.

«Doch, aber ich bin müde und krank. Sehr krank. Meinem Sohn und der Schwiegertochter mit dem kleinen Enkel will ich nicht zur Last fallen.»

Der Boss hielt ihre Hand. «Mal sehen.»

«Besorge mir einen netten Begleiter beim Essen. Den möchte ich aber vorher kennenlernen. Hast du eigentlich noch den Kater? Wie heißt der?»

«Ja, Diabolus geht es gut.»

*

«Schön, dass Anni uns vorgestern einen Apfelkuchen gebacken hat», sagte Mary. Sie legte jedem ein Stück auf den Teller.

«Warum höre ich Anni nicht?», fragte Christel.

«Sie kommt morgen wieder.» Jule streichelte ihre Hand. «Soll ich dir ein oder zwei Zuckerstücke in den Kaffee plumpsen lassen?»

«Heute mal zwei.»

Tina grinste. Christel nahm immer zwei Stücke Zucker. Das wusste jeder, auch Jule. Nur sie nicht mehr.

Marlene holte die nächste Kaffeekanne. Sie wunderte sich, wie wohl sie sich hier fühlte. Auch, wenn Hugo seinen Kaffee mit einem Strohhalm schlürfte. Sonntagnachmittags hatte sie sonst immer allein im Apartment gesessen, weil ihr Cheflover am Wochenende auf Familie machte. Sie schaute auf ihr

Handy, das sie lautlos gestellt hatte. Keine Nachricht, kein verpasster Anruf.

«Kann ich noch ein Stück Apfelkuchen?», fragte Jule.

«Ja, aber lass bitte noch eins für Taki übrig», meinte Kuni. Mary stand auf. «Wer kommt mit nach draußen zum Rauchen?»

Mary, Marlene und Kuni setzten sich an den ovalen Gartentisch, der vor einer Hecke hinter dem Haus stand. Ein riesiger Sonnenschirm beschützte diese gemütliche Pausenecke, auch wenn es im Moment weder regnete, noch die Sonne schien.

«Wir haben hier Platz für sieben Leute. Christel, ich und fünf Bewohner. Und es gibt ein Gästezimmer für WG-Tester oder für Besucher.» Mary drückte ihre Zigarette im Aschenbecher auf dem Tisch aus. «Wenn du hier einziehst ins Gästezimmer, dann brauchen wir ein neues in der Scheune.»

Kuni klopfte seine Pfeife aus. «Nur wenn ich genug Platz behalte für mein Motorrad und fürs Schrauben.» Er grinste. «Ich sponser den Ausbau. Auch ein kleines Bad dazu.»

«Super! Unser Raucherzimmer mit dem Holzofen bleibt dann aber dort, oder?»

«Klar», meinte der Kommissar. «Meine Pfeifen vertragen keine Nässe oder Kälte. Er schaute Marlene an. «Dir wird es bestimmt hier gefallen.»

«Oh ja. Zieh hierhin, dann sehen wir uns öfter.» Mary lachte. «Es ist schwierig, Gleichgesinnte zu finden. Nicht alle Oldies sind WG tauglich. Der Altersstarrsinn, weißt du. Sie sind nicht teamfähig oder unflexibel. Dabei übersehen sie die Vorteile. Preiswertes Wohnen hat was, es macht Spaß, Wir helfen uns gegenseitig. Und wenn du Ruhe brauchst, schließt du deine Zimmertür.»

«Ein WG-Zimmer hier? Niemals!» Marlene zündete eine neue Zigarette an.

«Probier es doch mal ...»

«Vergiss es.»

Motorgeräusche und ein knatternder Auspuff waren zu hören. Der Kies vor der Auffahrt zur Scheune knirschte. «Spät ist der Taki dran, aber er kommt.» Kuni stand auf. «Ich mache ihm frischen Kaffee. Hoffentlich ist das Stück Kuchen noch da. Dann schauen wir uns den Bulli an.»

Vier

Montag, 14. April, Köln und Olpe

Marlene schaute auf den Wecker. Wie immer wachte sie vor dem Klingeln um sechs Uhr morgens auf. Auch am Wochenende und heute, obwohl sie ja frei hatte. Sie blieb liegen, kuschelte sich in die warme weiche Bettwäsche. Immer wieder tauchte ihr Traum auf. Erstaunlich, weil sie sich selten an einen erinnerte. Wenn sie überhaupt mal träumte.

Der Fremde war so was von präsent, als ob er neben ihr auf dem Bett säße. Ein Mann, der sie anzog wie ein Magnet. Überall war er bei ihr gewesen, hatte sie mit seinen dunklen Augen angesehen. Im Auto, im Mythos, in der Pizzeria und sogar im Bad.

Marlene räkelte sich genüsslich, seufzte. Sie stand auf, zog den Bademantel an, schlurfte barfuß zur Toilette, dann ins Wohnzimmer, nahm das Tuch von Bobbys Käfig und öffnete das Türchen. Sofort flog der Wellensittich auf ihre Schulter. «Einen wunderschönen guten Morgen!», sagte sie auf dem Weg zur Küche.

Bobby zwitscherte vor sich hin. «Ja, ja. Mir geht es gut. Hättest mir ja mal einen Kaffee machen können.»

Ihr Vogelfreund durfte mit auf den Balkon zur Zigarettenpause. Er flog nicht weg, sondern pickte die Kekskrümel vom Tisch auf. Marlene liebte dieses erste Frühstück am Morgen zum Wachwerden. Ihr Handy klingelte drinnen. Sie sprang auf, nahm Bobby auf ihrem Finger sitzend mit rein, schloss die Balkontür. Zu spät! Es war leider nicht ein Anruf des Fremden. Der Chef wollte was von ihr. Sie rief nicht zurück. Kurz darauf kam eine SMS von ihm an. «Komme um fünf vorbei.» Ohne einen Gruß.

Marlene setzte sich mit einem zweiten Kaffee in den Sessel und öffnete das Notebook. Bobby saß auf der Kante des Bildschirms. «Ich suche nach der Oper von Samstag in Köln.»

Der Wellensittich zwitscherte vor sich hin.

«Oh, Oh. Armer Fabian. Bestimmt wäre er viel lieber mit mir im irischen Pub oder im Mythos gewesen. Das sind ja miese Kritiken für den Freischütz.»

*

Fabian trank im Café vor dem Kölner Hauptbahnhof einen Kaffee, kaufte anschließend ein belegtes Brötchen im Bahnhof, dann eine Cola, Zigaretten und zwei Feuerzeuge. Er bezahlte jedes Mal mit einem fünfzig Euro Schein, weil er Kleingeld brauchte.

In der Nähe eines Post Shops ging er auf eine junge Frau zu, gab ihr einen Zettel und einen 20 Euro Schein. Er legte einen Zeigefinger auf seine Lippen.

«Bitte reden Sie nicht mit mir. Ich werde abgehört. Es wäre super, wenn Sie mir eine Packung Briefpapier mit Umschlägen kaufen. Der Rest des Geldes ist für Sie. Ich warte hier. Dankeschön!»

Puh, das wäre geschafft. Fabian steckte das Briefpapier in seine linke Jackentasche. Wo war noch mal ein Briefmarkenautomat? In der Breiten Straße fand er einen. Er hustete kräftig, als er das Geld einwarf und die Marken herauszog. Dann schlenderte er zum Roncalliplatz. Dort hatte er gestern einen Briefkasten gesehen. Er zog die beiden Briefe aus der anderen Jackentasche, klebte die Briefmarken drauf, warf sie ein. Fabian lächelte, ging weiter Richtung Rhein. Bei der nächsten Telefonsäule würde er Marlene anrufen. Er hatte jetzt Kleingeld.

*

«Hey, Kleiner. Hast du schon was über die Frau vom Samstag herausgefunden?» Der Boss reichte seinem Bruder einen Teller mit Spaghetti Carbonara. Beide saßen am Bistrotisch in der Küche.

«Nicht viel.» Ben probierte das Mittagessen. «Lecker, wie immer, Ma-Pa.»

«Hör endlich auf mit deinem Ma-Pa! Nenn mich Boss, genau wie alle anderen.»

«Also ...», murmelte Ben, während er die Nudeln kaute.

«Mit vollem Mund spricht man nicht!»

«Die Frau heißt Marlene Maarwald, sie ist Sekretärin und Geliebte des Chefs, deinem Kunden. Sie ist alleinstehend, wohnt im Firmenapartment. Die Adresse in Olpe und die Nummer vom Geschäftshandy habe ich.»

«Hat sie kein privates Handy?»

«Doch, aber der Chef wollte diese Nummer nicht rausrücken.»

«Was weiß diese Marlene über den Tod seiner Frau? Kann sie gefährlich für uns werden? Wir müssen an sie rankommen.»

«Immer ich», meckerte Ben.

«Nein, die holen wir uns.» Der Boss stand auf.

*

Marlenes Chef tauchte am späten Nachmittag auf. Wie immer im piekfeinen Anzug, die grauen mittellangen Haare nach hinten gegelt. Und neuerdings mit einem Dreitagebart, der ihn verwegen aussehen ließ. Er kam ins Apartment, schnupperte herum, setzte sich aufs Sofa, ohne sie mit einer Umarmung zu begrüßen.

«Du hast hier geraucht.»

«Ja, auf dem Balkon.»

«Dann mach gefälligst die Tür zu. Kann ich einen Kaffee haben?»

«Guten Tag erstmal, Georg!»

«Ja», knurrte er.

«Wie war deine Reise?»

Keine Antwort. Auch nicht, als Marlene ihm einen Becher Kaffee reichte.

«Warum warst du Samstag in Köln?», fragte er.

«Dich vom Flughafen abholen?»

«Ein Bekannter hat dich am Dom gesehen.»

«Ich war shoppen, als du mir abgesagt hast.»

«Der Mann meinte, dass du gut aussiehst. Er wollte unbedingt deine Handynummer haben. Die habe ich ihm aber nicht gegeben.»

Marlenes Handy klingelte. Sie eilte auf den Balkon. «Hallo Fabian, mein Chef ist da. Kann ich dich gleich zurückrufen?» Sie lächelte.

«Leider nicht.»

«Schade. Rufst du bitte morgen nochmal an?»

«Gehen wir heute Abend essen, Georg?», fragte Marlene. Sie setzte sich zu ihrem Chef aufs Sofa.

«Nein, ich habe die Firma verkauft ...», sagte er leise, sah sie nicht an.

«Was? Was hast du gemacht?» Marlene sprang auf, lief auf den Balkon, nahm eine Zigarette. Ihre Hände zitterten. Sie sackte auf den Stuhl. «Was ist mit meinem Job?», murmelte sie.

Georg kam auf den Balkon, setzte sich ebenfalls.

«Rauch weiter, wenn es dich beruhigt.»

Marlene stand auf, ging hin und her, sagte nichts.

«Der neue Besitzer, ein Japaner, zieht hier ein. Bis Samstag musst du raus sein.»

«Ich soll ausziehen? Spinnst du? Ich habe einen Vertrag mit dem Senior ...»

«Der nicht mehr lebt», unterbrach der Chef sie. «Dein Vertrag fürs Firmenapartment gilt nur für die Zeit, in der du für die Firma arbeitest.»

«Heißt das, dass ich gefeuert bin?» Marlene setzte sich wieder. «Es gibt Kündigungsfristen!»

«Dies ist eine betriebsbedingte Kündigung. Du bekommst alles noch schriftlich.»

«Deswegen warst du in Asien. Allein, damit ich nichts merke. Wie ich mich fühle bei diesen vollendeten Tatsachen, interessiert dich wohl nicht.» Sie weinte.

Er reichte ihr ein Taschentuch. «Ich hätte dir eher was sagen sollen. Es tut mir leid. Du bist jetzt freigestellt, die Kündigung folgt zum 30. September. Bis dahin bekommst du dein Gehalt.»

«Wie soll ich denn in meinem Alter noch einen Job finden?»

«Brauchst du nicht. Du bekommst ja Arbeitslosengeld. Oder du kannst deine Rente beantragen.»

«Mit 63?»

«Ja, es gibt ein neues Gesetz.»

«Möchtest du noch einen Kaffee?»

«Nein, ich muss los.» Georg stand auf. Er reichte ihr einen Briefumschlag. «Da sind tausend Euro drin. Für ein Hotelzimmer, bis du eine neue Wohnung findest. Die Nebenkosten hier für diesen Monat bezahle ich.»

«Oh, wie großzügig. Danke sage ich trotzdem nicht.» Freundlich hörte sich das nicht an. Marlene folgte ihm ins Wohnzimmer.

«Wo ist dein Job Handy?»

«Im Büro.»

«Das Firmennotebook lass bitte hier am Samstag, den Schlüssel für den Dienstwagen ebenso. Deine Wohnungsschlüssel werfe bitte in den Briefkasten.»

«Wann kann ich meine privaten Sachen aus dem Büro holen?»

«Möglichst morgen. Und gib bitte die Firmenschlüssel ab.»

«Geht das nicht am Freitag oder Samstag?»

«Nein, dann bin ich schon weg. Ich plane eine Weltreise.» Der Chef suchte seinen Schlüssel.

Hatte er ihr deswegen gekündigt? Wollte er sie etwa mitnehmen? Marlenes Augen leuchteten. «Soll ich die Flüge buchen?»

«Das macht Jenny.»

«Wer ist Jenny?»

Ohne zu antworten, verließ Georg die Wohnung.

Als der Ex draußen war, schlug Marlene mit beiden Händen auf die Tür. «Mistkerl», schrie sie. Wieder weinte sie. Bobby flog auf ihre Schulter, zwitscherte munter drauf los.

«Ja ich weiß. Du bist froh, wenn er weg ist. Ich ja mittlerweile auch. Unmöglich, wie der mich absorviert hat. Beruflich und privat. Wie ein oft gebrauchtes Taschentuch hat er mich weggeworfen.»

Marlene setzte sich in den Relaxsessel, aß ein trockenes Knäckebrot. Der Wellensittich pickte die Krümel weg, sah sie an.

«Ach, Bobby. Ich verspreche es dir. Morgen gehe ich einkaufen. Ja, auch Erdnüsse für dich.»

Sie trocknete ihre Tränen mit einem Tempo, holte ihr Handy.

«Alles ist weg!», schluchzte sie. «Der Job, der Chef, der Lover, die Wohnung, das Auto, der Laptop, die Weltreise!»

«Spinnst du?», fragte Mary. «Erzähl mal …»

Nur ein Schluchzen kam zurück.

«Okay, ich komme zum Frühstück morgen.»

Fünf

Dienstag, 15. April, Olpe

Marlene saß auf dem Sofa, schlug in der Zeitung die Wirtschaftsseite auf, starrte minutenlang auf ein Bild und auf die fette Titelzeile. *«Plötzlicher Tod der Unternehmerin Gudrun Wennersbach.»*

Der Wellensittich zupfte kleine Papierstücke von der Seite ab.

«Bobby, guck mal. Das ist die Frau von Samstag, die mit dem tollen Typ in den Bentley gestiegen ist. Warum ist sie jetzt tot? Das ist ja schrecklich!» Sie las den Artikel, sogar zweimal.

Es schellte, mehrmals. Dann bollerten Fäuste gegen die Wohnungstür.

«Mach endlich auf!»

Wie in Trance stand Marlene auf, stieß dabei die Kaffeetasse auf dem Couchtisch um, öffnete die Tür. «Ich habe mich in einen Killer verliebt.»

«Guten Morgen erst mal!» Ihre Freundin starrte sie an. «Bist du jetzt total durch den Wind?»

«Der Mann ist gefährlich.»

«Wer? Georg?»

«Nein, der ist blöd.»

«Etwa der geheimnisvolle Fremde?»

«Ja ... mit dieser Frau hatte er ein Date.» Sie zeigte auf das Foto in der Zeitung. «Die ist jetzt tot.»

«Oh je, noch eine Baustelle.» Mary legte die Brötchentüte auf den Tisch. «Erst mal Frühstück!» Sie ging in die Küche, öffnete den leeren Kühlschrank.

«Und dann kommst du mit zum Einkaufen», rief sie.

Zurück im Wohnzimmer nahm sie Marlenes Kaffeetasse, wischte den Tisch ab.

«Kaffee hast du noch, oder?»

«Ja.»

«Gut, dann tunken wir die Brötchen rein.»

Die beiden Freundinnen saßen mit den Kaffeebechern auf dem Balkon, rauchten schon die zweite Zigarette.

«Okay», sagte Mary. «Jammern nützt nichts. Donnerstag habe ich Zeit ab mittags. Hotel kommt nicht in Frage. Deine paar Sachen passen in den Bulli. Wir nehmen gleich Kartons aus den Läden mit. Was noch?»

«Privates aus dem Büro und Bobby.»

«Kein Problem. Bis dahin packst du deine Klamotten. Die, die du nicht mehr brauchst, geben wir als Kleiderspende ab.»

«Ich brauche ein neues Notebook.»

«Das besorgen wir gleich. Dann hast du Zeit, es einzurichten und eventuell noch Daten vom alten rüber zu holen. Erwartest du Post?»

«Ja, auch Briefe von Fabian.»

«Dann holen wir nachher einen Nachsendeantrag bei der Post.»

«Ich habe doch noch keine neue Adresse. Ich muss erst eine Wohnung suchen.»

«Gib unsere in Halbhusten an.»

«Mist ich habe ja kein Auto mehr. Keine Möbel, keine Kaffeemaschine ... nichts.»

«Du kommst erst mal zu uns ins Gästezimmer. Wenn du es als WG Zimmer haben willst, sehen wir weiter.»

Abends lag Marlene auf dem Sofa, als Fabian anrief.

Sie erzählte ihm, was ihr passiert war. Seine Worte trösteten sie.

Er erwähnte den Job bei der Agentur *Glücksbringer* in Köln. «Das ist kein üblicher Begleitservice. Es geht nur um die Gesellschaft beim Essen, nicht um Sex.»

«Wirklich nicht?»

«Nein ...» Er zögerte. «Ich weiß gar nicht, ob ich das noch kann».

«Oh. Warum kann ich dich nicht anrufen?»

«Privater Kontakt ist verboten. Mein Handy wird abgehört. Aber ich würde gern weiter mit dir reden. Dafür gibt es Telefonsäulen».

«Das wäre super.» Marlene räusperte sich.

.«Was ist mit der Frau vom Date passiert? In der Zeitung stand, dass sie tot ist.»

«Was?», fragte Fabian entsetzt. «Das kann nicht sein.»

«Du warst doch im Fischrestaurant *Tzukis* mit ihr?»

«Ja!»

«Als gebuchter Begleiter?»

«Ja!»

«Und danach? Hast du sie umgebracht?» Diese Frage war Marlene einfach so rausgerutscht.

«Ich bin doch kein Mörder! Glaubst du das etwa?»

«Nein, wirklich nicht. Sorry! Mir schwirrten nur tausend Gedanken im Kopf herum. Ich hatte Angst um dich. Vielleicht will dir jemand einen Mord unterjubeln.»

Fabian war entsetzt. «Hoffentlich nicht!»

Er erzählte ihr, dass er die Frau in ihr Haus begleitet hatte. Sie hätte sich aufs Sofa gelegt und gesagt es wäre okay, wenn er ginge. Das wäre nur ein kleiner Schwächeanfall. Einen Arzt brauchte sie nicht.

«Es gibt bestimmt keine Ermittlung.»

Marlene nahm eine Zigarette, zündete sie an, nahm einen tiefen Zug.

«In der Zeitung stand was von Herzversagen.»

«Hast du meinen Brief schon gelesen?»

«Nein ... kann ich den beantworten? Oder eine e-mail schreiben?»

«Das geht leider nicht. Aber ich werde dir noch mehr Briefe schicken und dich anrufen, versprochen. Bis bald!»

Als er aufgelegt hatte, fluchte Marlene. «Ich habe vergessen ihm die Adresse von Halbhusten zu geben.» Dann fiel ihr ein, dass sie den Nachsendeauftrag schon ausgefüllt und abgegeben hatte. Sie lief runter zum Briefkasten. Dann setzte sie sich in den Relaxsessel und las Fabians Brief.

«Ach Bobby», sagte sie. Er saß auf der Armlehne. «So einen ehrlichen Text habe ich noch nie gelesen. Eine wunderschöne weiche Handschrift hat er. Sein Leben war verdammt hart bisher. Fabian kann gar kein Killer sein. Das Problem wäre gelöst.» Sie lachte.

Bobby flog auf ihre Schulter, zwitscherte munter drauflos.

«Stell dir vor, er möchte mich wiedersehen und mir den Song, den er für mich geschrieben hat, auf seiner Gitarre vorspielen. Ich freu mich riesig.»

Marlene stand auf, tanzte durchs Zimmer, holte das Notebook.

«Was soll das denn? Guck mal hier.» Sie zeigte auf den Bildschirm.

Der Wellensittich hüpfte auf die Tastatur.

«Ich habe im Internet gesucht ... in Köln gibt es das Fischrestaurant *Tzukis* überhaupt nicht. Und die Agentur *Glücksbringer* auch nicht. Irgendetwas stimmt da nicht!»

Sechs

Mittwoch, 16. April, Köln

«Tote schicken kein Geld!» Die Person im Lederkombi stürmte ins Büro des Polizeipräsidiums in Köln. Sie knallte einen Brief auf den Schreibtisch.

Kommissar Sauerland sah kurz hoch. «Ohne Kopfschutz verstehe ich dich besser, Karla.»

«Oh sorry, Antoine.» Sie nahm den Helm ab, legte ihn auf einem Stapel Akten ab. «Woher wusstest du, dass ich es bin?»

«Wenn man aus Gummersbach kommt und Moped fährt, kennt man deinen Motorradladen dort mit der Werkstatt. Schickes Design.» Er lächelte.

Karla fuhr mit den Fingern durch ihre kurzen schwarzen Haare, setzte sich auf den Stuhl vor dem Schreibtisch. «Antoine, bitte hilf mir. Du bist doch für Todesermittlungen zuständig, oder?»

Der Kommissar nickte, nahm das Schreiben in die linke Hand. Mit den Fingern der anderen strich er durch seine blonden halblangen Haare. «Das ist eine Sterbeurkunde vom Standesamt. Dein Vater Rudolf Rennard ist vor sieben Tagen in Köln gestorben. Mein Beileid ...»

«Er lebt!», unterbrach ihn Karla. «Er hat mir 500 Euro geschickt.»

«Hier steht, dass er als Sozialfall an einem unbekannten Ort begraben wurde. Wieso hatte er Geld?»

«Ich weiß, dass er als Penner im Rheinland unterwegs war. Zuletzt in Köln. Vor einem Monat rief er mich von einem Obdachlosenhaus aus an. Dort hatte man ihm ein Zimmer in einer betreuten WG angeboten. Er erwähnte, dass er in einer Behindertenwerkstatt arbeiten könnte. Sie brauchten einen Schreinermeister als Ausbilder. Vielleicht hat er einen Vorschuss bekommen.»

«Das hat ja nicht geklappt. Leider. Diese Urkunde sagt was Anderes. Möchtest du einen Kaffee, Karla?»

Antoine holte eine Thermoskanne und zwei Becher von der Fensterbank. Er stellte sie auf den Schreibtisch. «Bedien dich.»

«Gleich.»

Die Bikerin zog einen Zettel aus der Hosentasche. «Der lag gestern im Briefkasten. In einem Umschlag ohne Absender, abgestempelt in Köln.» Sie drückte ihm das zerknitterte Papier in die Hand. «Das hat mein Vater geschrieben, so eine schnörkelige Schrift kann niemand nachmachen.»

Der Kommissar setzte sich wieder, überflog den Inhalt. «Da waren 500 Euro im Umschlag?»

«Klar, für die Renovierung der Werkstatt.» Karla schüttete Kaffee in die Becher. «Schwarz?»

«Ja.» Er strich über seinen Bauch. «Zucker macht dick.» Er grinste. «Ich hasse Joggen.»

«Wenn du die Kilometer, die du mit dem Motorrad fährst, laufen würdest ...»

«Hör auf!», unterbrach er sie. «Weiß deine Mutter Bescheid?»

«Bestimmt nicht. Für sie ist Papa doch schon nach seiner Pleite gestorben.» Karla trank einen Schluck Kaffee, seufzte. «Eine eilige Scheidung und weg war sie.»

«Wo lebt sie jetzt?»

«Mama ist auf Mallorca abgetaucht. Mit so einem Immobilientypen.»

«Komisch. Man kennt deine Adresse, schickt dir die Sterbeurkunde ... wieso haben sie dich nicht gefragt, ob du die Beerdigung übernimmst?»

«Oh, stimmt. Das hätten sie machen müssen.»

«Kennst du den Namen des Obdachlosenhauses?»

«Leider nicht.»

«Vielleicht finde ich bei *wohnungslos in Köln* was über deinen Vater raus. Irgendjemand musste doch einen Arzt für die Leichenschau und die Todesbescheinigung rufen. Ohne die gibt es keine Sterbeurkunde.» Antoine nahm den Telefonhörer, wählte, wartete. «Behörden mittags», knurrte er. «Ich bleibe weiter dran beim Standesamt.»

Karla stand auf, drückte den Kommissar. «Danke», flüsterte sie, setzte ihren Helm auf. «Ich muss zurück in den Laden. Wo ist die Toilette?»

«Im Gang, hinten rechts ... wann machst du meine Maschine fit für den Frühling?»

«Wenn du Papa findest. Und seine spanische Konzertgitarre. Mit der geht er nirgends hin.»

Sieben

Donnerstag, 17. April, Köln und Olpe

Der Boss saß im Wohnzimmer auf dem bequemen Ledersofa und hörte die Pink Floyd CD «Live at Pompeji. The Director's Cut.» Gerade lief *Echoes*. Dabei streichelte er den getigerten Kater.

Sein Handy klingelte, er stellte die Musik leiser. «Agentur *Glücksbringer*, wie kann ich Ihnen helfen?»

Er setzte Diabolus aufs Sofa, stand auf, ging zum Computer, öffnete den Terminplaner und nickte.

«Ja, am Ostermontag ist ein Termin im *Tzukis* frei. Um sieben Uhr abends. Hätten Sie gern einen Gentleman oder eine Dame als Begleitung beim Fischessen?»

Der Kater kam auf ihn zu, miaute.

«Okay. Treffen wir uns morgen Nachmittag um zwei im Zoo bei den Elefanten am Nebeneingang?» Der Boss ging barfuß hin und her auf dem weichen Teppichboden, fand die Leckerlitüte, warf Diabolus drei Stückchen zu.

«Nein, es gibt nur mündliche Absprachen. Sie können sich hundertprozentig auf uns verlassen. Halb drei ist auch okay. Dann bis morgen.»

*

Marlene setzte sich ins Firmenauto, tippte drei Adressen ins Navi, die sie sich auf einem Zettel notiert hatte. Obwohl sie in Olpe wohnte, kannte sie nicht jede Straße. Meistens war sie eh nur den Weg von der Wohnung zur Firma in Siegen und zurück mit dem Wagen unterwegs gewesen. Zuerst wollte sie die zwei Wohnungen der privaten Anzeigen von gestern im Kurier ansehen. Die Vermieter hatten vormittags Zeit. Außerdem hatte sie einen Termin bei einem Makler, der mehrere Wohnungen anbot.

Sie fuhr los, drehte das Radio lauter, als *Wish you were here* von Pink Floyd lief. Ach ja, wie gern würde sie den Fremden näher kennenlernen.

Nach den Besichtigungen gönnte Marlene sich einen großen Cappuccino und ein Stück Käsekuchen in Schröders Café. Sie sortierte ihr Notizen. Keine der angebotenen 60 Quadratmeter Wohnungen war vor Juni oder August frei. Nur eine hatte eine kleine

Terrasse. Die preiswerteste kostete 500 Euro Kaltmiete, plus 100 Euro Nebenkosten. Am besten gefiel ihr das Apartment in einem Neubau mitten in der Stadt mit großem Balkon, Aufzug und Stellplatz in der Tiefgarage. Gesamtkosten 800 Euro. Nein, das konnte sie sich nicht leisten. Und ein Auto auch nicht mehr. Also blieb ihr nichts anderes übrig als die WG in Halbhusten. Vorübergehend, probeweise.

Sie nahm das Handy, rief Mary an. «Wann holst du mich, Bobby und meine Klamotten ab?»

*

Pünktlich um zwei war sie in ihrem alten Apartment. Sie packte schnell die restlichen Sachen ein, leerte den Wassernapf in Bobbys Käfig, sicherte das Türchen mit zwei Wäscheklammern.

«Da musst du durch. Im neuen Zimmer darfst du wieder fliegen.»

Es schellte Sturm.

«Sorry, der TÜV und das Einkaufen dauerten länger. Boh, was waren die Läden voll. Wie immer vor Ostern.» Mary atmete tief durch. «Außerdem mussten wir die

Lebensmittel nach Halbhusten bringen, damit Platz für deine Kartons im Bulli ist. Gut, dass Kuni mit war.»

Sie setzte sich erstmal aufs Sofa, starrte auf die offene Wohnungstür.

Eine perfekt gestylte schlanke junge Frau kam herein. Lange blonde glänzende Locken, knallrote Lippen und Fingernägel, hochhackige Pumps.

«Hi, ich bin Jenny.» Sie sah sich um, bemerkte Marlene im Bad, gab ihr einen Briefumschlag.

«Der steckte im Briefkasten. Sie sollten einen Nachsendeantrag stellen. Am besten sofort. Ich habe keine Lust, mich um Ihre Post zu kümmern.»

Sie setzte sich in den Relaxsessel.

«Ab sofort lebe ich hier. Der neue Besitzer der Firma will lieber im Hotel wohnen, bis er ein passendes repräsentatives Haus gefunden hat.»

«Marlene muss erst Samstag hier raus», sagte Mary. «Bitte gehen Sie!»

«Ich will aber gleich noch meine Sachen hierhin bringen.»

Jenny rümpfte die Nase, stand auf, stöckelte Richtung Tür.

Marlene stellte sich vor sie, schnupperte. «Das Parfum hat er mir auch immer geschenkt ... wie lange kennen Sie Georg schon?»

«Fast zwei Jahre.»

«Und bald zusammen mit ihm auf Weltreise?»

«Ja. Die hat er mir vorgestern zum Geburtstag geschenkt. Heute Abend fliegen wir nach New York.» Jenny strahlte.

«Komm Marlene! Nimm die Reisetasche und Bobby. Wir müssen los.» Mary trug den Koffer zur Tür, reichte ihn Jenny. «Tragen Sie den bitte runter, wo sie schon mal hier sind.»

Am frühen Abend hatten die beiden Freundinnen alles im Bulli verstaut, auch Marlenes private Sachen aus dem Büro. Ihren Ex trafen sie nicht mehr an.

«Sei froh, dass du den los bist. Jetzt bist du mal dran. Freu dich auf dein neues Leben.»

Mary suchte einen Sender im Autoradio, stoppte, als sie das Lied *Don't Worry Be Happy* von Bobby McFerrin hörte.

Beide Frauen sangen laut mit. Sogar der Wellensittich pfiff mit. Ansonsten saß er ruhig im Käfig, der vorne zwischen Marlenes Beinen stand.

«Ich habe Hunger», sagte Mary.

«Lass uns zum Chinesen fahren. Ich lad dich zum Buffetessen ein.»

Beim Aussteigen legte Mary ein Tuch über Bobbys Käfig. «Schlaf gut, Kleiner!»

«Ja, du hast Recht», meinte Marlene nach dem leckeren Essen. «Für meine allumfassenden Aufgaben in der Firma war ich als Bürokauffrau total unterbezahlt. Aber Georg meinte immer, statt einer Lohnerhöhung für mich als Managerin würde ich ja schließlich mietfrei wohnen und den Firmenwagen fahren.»

«Möchtest du noch einen Kaffee?», fragte Mary.

«Gerne.»

«Weißt du, wie viel Rente du bekommen wirst?»

«Vermutlich so um die 950 Euro. Wie soll ich denn damit auskommen?»

«Bei uns in der WG schaffst du das. Wohnungen sind zu teuer für dich.»

«Ich weiß», meinte Marlene. Sie winkte dem Kellner, zahlte die Rechnung.

«Noch auf einen Ouzo kurz ins Mythos?»

Im Bulli gab Marlene zu, dass sie total ausgenutzt worden war. Beim Senior Chef aber nicht. Als er starb, hatte seine Tochter keine Lust, die Firma zu leiten. Sie ging lieber Golf spielen oder auf Shopping Tour. So wurde ihr Mann, der in die reiche Familie eingeheiratet hatte, der neue Geschäftsführer. Er merkte schnell, wie hervorragend Marlene sich in der Firma auskannte und ließ sie managen. Das war bequemer. Die Geschäfte waren eine Nummer zu groß für ihn, daher war er überaus freundlich zu ihr gewesen. Er überhäufte sie, das bisherige Mauerblümchen, mit vielen Komplimenten. Auf Geschäftsreisen brauchte er sie wegen ihrer Sprachkenntnisse in Englisch, Französisch und etwas Spanisch. Er kleidete sie neu ein, repräsentativ.

«»Das fandest du gut»? fragte Mary.

«Ja, und ich himmelte Georg an. Er sah gut aus, war Mitte vierzig, genau wie ich. Auf einer Geschäftsreise nach London ist es dann passiert ... mein Chef als Lover.»

*

Der Boss ging zu Ben in das Arbeitszimmer.

«Hast du das Bahnticket rechtzeitig abgeschickt?»

«Ja, ich habe sogar eine weniger umständliche Strecke gefunden. Zuerst von Olpe mit dem Bus nach Gummersbach und dann weiter mit der Regionalbahn.»

«Wann kommt die Frau?»

«Dienstag nach Ostern, gegen 17:00 Uhr müsste sie im Hotel sein. Meinst du, sie nimmt das Job-Angebot an?»

«Hoffentlich! Egal wie sie per SMS antwortet, wir sind auf jeden Fall drin in ihrem Handy. Dann haben wir sie im Griff.»

Acht

Karfreitag, 18. April, Köln, Olpe und Gummersbach

Der Boss hatte ein Meeting mit den Agentinnen und Agenten, wie er seine Leute nannte, für elf Uhr angeordnet. Dafür mietete er immer einen Seminarraum in einem Hotel. Jedes Mal in einem anderen. Er war der Meinung, dass diese regelmäßigen Treffen nötig waren.

Seine Leute sollten wissen, dass er sich um sie kümmerte. Er hatte sie in verschieden von ihm angemieteten Apartments untergebracht. Niemand wusste, in welchem Stadtteil von Köln die anderen wohnten. Kontakt untereinander war eh strengstens verboten.

Er sorgte mit den Aufträgen und dem Bargeld für sie, aber passte auf, dass sie nicht nachlässig oder übermütig wurden. Die meisten waren es nicht mehr gewohnt, eine feste Bleibe zu haben. Manche hatten vorher kein Geld mehr. Mit den Honoraren war es möglich, den Tag angenehm zu gestalten. Die Jobs bekamen sie meistens für abends.

Klare Ansagen mussten sein. Was war erlaubt und was nicht. Kein Kontakt nach außen bedeutete, dass niemand weder telefonieren noch Briefe schreiben oder irgendjemanden ... außer den beruflichen Kontakten ... treffen durfte. Weder Familienmitglieder, alte Freunde, Freundinnen oder Kumpel.

Auch waren Gespräche der Mitarbeiter untereinander oder mit Leuten in der Stadt verboten. Falls das rauskäme, würden sie sterben, ohne dass sie merkten, wann es passierte.

Sie wüssten ja, dass sie niemals ihr Handy ausschalten dürften und es immer mitnehmen müssten. Sie hatten dieser Überwachung zugestimmt. Die Termine für die Aufträge erhielten sie von ihm persönlich per SMS.

Er wäre immer informiert, wo sie sich aufhielten. Und hörte sehr genau, mit wem sie sprachen. Er wusste sogar, ob jemand ein oder drei Brötchen bei welchem Bäcker gekauft hatte.

Sie sollten ja nicht auf die Idee kommen, ein Smartphone zu kaufen, um heimlich telefonieren zu können oder das Internet zu nutzen. Besuche in

Internetcafés waren verboten. Fragen wimmelte der Boss konsequent ab.

Draußen vor dem Hotel winkte eine der Agentinnen Fabian zu sich, steckte einen Zettel in seine Jackentasche. Die zierliche ältere Frau mit den langen grauen Haaren sah ihn kurz an, nickte und eilte weiter.

Langsam ging er Richtung Altstadt. Er hatte Hunger auf Reibekuchen mit Apfelmus. Die schmeckten besonders gut in *Oma's Küche,* einem gemütlichen Ecklokal mit traditionellem deutschen Essen.

Beim Kaffee danach las er den Zettel. Die Frau war schon länger beim *Glücksbringer.* Sie hatte beschlossen, alle neuen Agenten zu informieren, dass etwas nicht stimmte. Bei ihren Aufträgen waren alle ihre Kunden am Tag nach dem Essen im *Tzukis* tot. Sie hatte sich die Namen gemerkt und später die Todesanzeigen in der Zeitung entdeckt. Falls nicht, war sie heimlich in ein Internet Café gegangen. Einmal wäre sogar die Frau eines Unternehmers aus Olpe schon kurz nach dem Essen gestorben. Das war Anfang Januar. Sie hatte sie vorher zu einem Styling Termin begleitet.

Wenn der Boss entdeckte, dass sie die Infos weitergab, hätte sie keine Angst zu sterben. Sie wäre eh unheilbar krank.

Er sollte darauf achten, ob es bei ihm ebenfalls Todesfälle gab. Sie bat ihn, den Zettel sofort zu entsorgen. Und wünschte ihm alles Gute, falls auch er aussteigen wollte.

Fabian zerriss den Zettel, ging zur Toilette und warf die Schnipsel in den Abfallbehälter. Auch er hatte bereits einen Todesfall gehabt. Gudrun, die Unternehmerin. Dienstag nach Ostern sollte er wieder jemanden zum Essen im *Tzukis* begleiten.

*

Karla reparierte ein Motorrad in ihrer Werkstatt in Gummersbach. Vor drei Jahren hatte sie ein altes Bauernhaus etwas außerhalb auf Mietkaufbasis gefunden. In der dazugehörigen Scheune waren die Werkstatt und ein kleiner Laden. Mittlerweile konnte sie dank der Stammkundschaft einigermaßen ihren Lebensunterhalt bestreiten.

Die ganze Woche war sie fast nur im Laden gewesen. Den Feiertag nutzte sie, um noch vier Maschinen fahrbereit hinzukriegen für die erste Ausfahrt im Jahr.

Ostern wollten viele Fahrer wieder auf die Straße. Wolken, etwas Sonne und Temperaturen um die 15 Grad waren vorausgesagt. Regenwahrscheinlichkeit gering. Im Radio spielten sie *Born To Be Wild* von Steppenwolf.

Kommissar Sauerland öffnete die Tür, trat ein.

«Hallo Antoine! Gibt es was Neues von Papa?», rief sie ihm zu, nahm einen Lappen, rieb Ölreste von ihren Händen ab.

«Nicht viel.»

Karla holte die Thermoskanne und schüttete Kaffee in die Becher auf dem kleinen Tisch unter dem Fenster, durch das die Sonne blinzelte.

«Schwarz. Wie immer», sagte sie.

Beide setzen sich auf die Klappstühle.

«Antoine, nun erzähl schon!»

«Beim Standesamt waren sie schockiert. Ich habe herausgefunden, dass es den Arzt, der die Leichenschau vorgenommen und den natürlichen Tod bescheinigt hat, gar nicht gibt. Ebenfalls auch nicht das

Beerdigungsinstitut für die anonyme Bestattung. Eine Rechnung ist nie angekommen.»

«Was soll das? Heißt das, dass mein Papa gar nicht beerdigt wurde? Dass er vielleicht noch lebt? Sogar in Köln?»

Karla trank hastig einen Schluck Kaffee.

«Wir wissen es noch nicht. Leider.»

Antoine nippte kurz am Kaffee, stellte den Becher schnell wieder hin.

«Hast du Zucker hier?»

«Klar. Machst du keine Diät mehr?» Sie holte die Packung Würfelzucker.

Der Kommissar strich über seinen Bauch, warf drei Stücke Zucker in den Becher, trank den Kaffee aus.

«Nein. Ich will Geschmack. Dann bewege ich mich lieber mehr.»

Er stand auf. «Zum Beispiel endlich mal meine Wohnung putzen.» Er betrachtete sein Motorrad im hinteren Teil der Werkstatt.

«Du kennst unseren Deal. Dein Motorrad ist erst fertig, wenn du Papa und seine Gitarre findest.»

«Dann mal tschüss!»

Antoine ging zur Tür.

«Machen wir Sonntag eine Tour zusammen?», fragte Karla.

Er drehte sich um. «Womit denn?»

«Übrigens, das Motorrad wird morgen fertig, versprochen. Danke für die Infos! Ich bin gespannt, ob Papa weitere Briefe schreibt.» Karla lachte.

Neun

Osterfeiertage, April, Köln und Olpe

«Darf ich dir Fabian vorstellen?»

Der Boss beugte sich zu der Frau im Rollstuhl vor.

«Er hätte Zeit, dir am Samstag nach Ostern Gesellschaft zu leisten beim Essen.»

Gertrud rollte auf Fabian zu, reichte ihm die Hand.

«Schön, Sie kennenzulernen. Lasst uns einen Kaffee unten in der Cafeteria trinken.»

«Können wir nicht hier im Zimmer bleiben?», fragte der Boss. Er wollte nicht, dass andere Leute ihr Gespräch mitbekamen. Er wusste, dass die Freundin seiner verstorbenen Mutter immer so laut sprach, weil sie schwerhörig war.

«Nein, da ist es gemütlicher.»

Im Flur bat sie Fabian, der sie schob, anzuhalten.

«Lasst eure Handys in meinem Zimmer, oder bringt sie ins Auto. Ich mag die Strahlung nicht.»

Der Boss stöhnte, brachte die gefährlichen Mobiltelefone zurück.

Gertrud lächelte Fabian an. «Geht doch.»

In der Cafeteria bestellte sie eine große Kanne Kaffee und ein Stück Schwarzwälder Kirschtorte. Die Männer aßen keinen Kuchen.

«Wissen Sie, Fabian», meinte Gertrud, während sie eine Gabel voll Torte in den Mund schob und genüsslich kaute. «Die anderen vier Personen, die er mir schon vorgestellt hat, mochte ich nicht. Die waren so übertrieben höflich, fast aufdringlich.»

Sie zeigte mit der Gabel auf den Boss.

«Er müsste eigentlich wissen, dass ich lieber leise, freundliche und höfliche Männer mag. Besonders bei meinem letzten Festmahl.»

Der Boss zuckte zusammen, trommelte mit seinen Fingern auf dem Tisch rum. Hoffentlich hatte Fabian nicht bemerkt, dass sie ein letztes Essen erwähnt hatte.

Doch der trank in aller Ruhe seinen Kaffee.

«Mögen Sie Fisch?», fragte er Gertrud.

«Ja gerne, besonders wenn er von einem Meisterkoch zubereitet wird. Er tut Gutes für alte Leute, so wie für mich.»

«Sie kennen den Koch?», fragte Fabian erstaunt.

«Da sitzt er doch. Er hat sogar in Japan eine Zusatzausbildung gehabt. Als seine Mutter krank wurde, also meine beste Freundin, war er wieder in Deutschland und hat sich nach ihrem Tod zusammen mit mir um seinen kleinen Bruder gekümmert.»

«Gertrud, wir müssen gleich los.»

Der Boss stand genervt auf. Sie hatte genug ausgeplaudert. «Ich hole schon mal die Handys aus deinem Zimmer.»

Fabian dachte an sein erstes Essen im *Tzukis*. Seine Vermutung stimmte. Sein Chef spielte mehrere Rollen. Fahrer, Kellner und den Koch.

Die alte Dame fragte Fabian, wie er an diesen Job gekommen war und wo er vorher gearbeitet hatte.

Er fing an zu erzählen, wurde aber sofort vom Boss unterbrochen, der ihm sein Handy gab.

«Soll ich dich in dein Zimmer bringen?», fragte er Gertrud.

«Nein, das macht nachher eine Schwester. Ich bleibe noch hier. Dann bin ich nicht so allein.»

Der Boss zog die Geldbörse aus der Hosentasche.

«Ich habe euch eingeladen», sagte sie. «Ach, noch was! Ben hat mir erzählt, dass deine Kunden immer jünger werden. Warum?»

Der Boss antwortete nicht, sondern ging zum Ausgang. Fabian folgte ihm, winkte der alten Dame zum Abschied.

«Diese Begleitung mag ich. Er soll mir Gesellschaft beim Essen leisten. Zum Schluss möchte ich Ben und den Kater bei mir haben. Sag bitte nichts meinem Sohn.» Ihr Wunsch war nicht zu überhören!

«Diabolus liebt es, gestreichelt zu werden», murmelte der Boss, als er in den Bentley stieg.

*

Die Ostervorbereitungen in der Oldie-WG am Samstag liefen in aller Ruhe ab. Alle verbreiteten gute Laune.

Kuni war mit dem Motorrad losgefahren, um ein paar Einkäufe zu erledigen. Ihn störte es nicht, sich in den Trubel zu stürzen. Sie brauchten frisches Brot, Steaks, Würstchen, Salat und Obst. Anni und er wollten am Sonntag grillen.

Hugo hatte schon am Donnerstag Birkenzweige geschnitten für die zwei Vasen. Die große fürs Wohnzimmer, die kleinere sollte auf den Esstisch.

Jule bemalte ausgeblasene Eier, die sie zusammen mit den in der Schule gebastelten Osterhasen an die Zweige hängte.

Tina, ihre Mutter war noch unterwegs. Einige Kundinnen brauchten einen Haarschnitt oder Locken, damit sie hübsch aussahen, wenn der Besuch zu Ostern kam.

Anni backte einen Schokoladenkuchen und eine Maracuja - Joghurt - Torte.

Christel und Hugo gingen im Dorf spazieren, um ihren Teint aufzufrischen in der Frühlingssonne.

Mary half ihrer Freundin, das Gästezimmer aufzuräumen. Manchmal wurde es halt als

Abstellkammer missbraucht. Was hatten Tinas Reitstiefel hier zu suchen? Sie brachte sie in die Scheune.

«Soll ich dir einen Kaffee mitbringen?

Marlene versuchte ihre Kleidung in dem kleinen Kleiderschrank unterzubringen.

«Wieso brauchst du deine Büroklamotten noch?», fragte Mary.

«Ich habe keine andere.»

«Dann gehen wir halt mal shoppen in Secondhand Läden. Hier brauchst du ein Freizeit Outfit. Als Rentnerin auch.»

«Ich bin doch erst dreiundsechzig.»

«Ja und? Du warst sechzehn, als du in der Firma angefangen hast. Bis jetzt als Angestellte. Das sind siebenundvierzig Jahre am Stück.»

Mary legte drei Kostüme, vier Hosen und sechs Blusen aufs Bett. «Im Juli tritt das neue Gesetz in Kraft. Wer mindestens 45 Beitragsjahre in der Renten-versicherung zusammen hat, kann ohne Abschläge früher in Rente gehen.»

Marlene nahm ihre Sachen vom Bett. «Vielleicht finde ich noch einen Job.»

«Genieß lieber deine Freizeit. Du hast viel nachzuholen.»

Mary hob drei große Plastiktüten vom Boden auf.

«Geh nächste Woche zum Rentenberater deiner Krankenkasse. Der füllt den Antrag sofort mit dir aus.»

Sie hielt die Tüten auf. «Rein damit. Tschüss Vergangenheit!»

«Okay.» Marlene lachte. Wenn du meinst.»

«Die bringen wir heute Abend in den Container der Caritas», sagte Mary. «Danach gibst du zum Einstand in unsere wundervolle Oldie-WG einen aus im Mythos.»

«Überredet. Und was mache ich hiermit?»

Marlene zeigte auf die wenigen Bücher auf der Fensterbank.

«Die kannst du im Flurregal und im Wohnzimmer unterbringen. Mehr hast du nicht?»

«Nö, nur auf meinem E-Reader. Das ist praktisch, vor allem auf Geschäftsreisen. Weniger Gepäck.»

«Komm, ich zeig dir, wo das zukünftige Gästezimmer in der Scheune gebaut wird.»

Mary hob einen Karton mit Restgerümpel hoch.

«Packst du mit an?»

Beim Mittagessen, es gab leckere Erbsensuppe mit Würstchen, schwärmte Anni schon von den Leckereien, die sie für alle an den Ostertagen vorhatte zu kochen. Zu Ihren Kindern fuhr sie diesmal nicht, weil fast alle verreist waren. Sie freute sich, dass Tina am Montag beim Kochen helfen wollte. Christel ebenfalls, schließlich könnte sie ja die Rindersuppe umrühren. Hugo bot an, den Salat fürs Grillen am Sonntag zuzubereiten. «Und ich bin die Spülfrau. Aber nur, wenn Marlene abtrocknet.» Jule sah sie an. «Darf ich gleich mit Bobby spielen?»

Nach dem Essen nahmen Mary, Marlene und Kuni die Kaffeebecher mit zur Raucherecke. Es war kühl, doch die Sonne schickte ein paar wärmende Strahlen dorthin.

«Wie gefällt es dir hier?», fragte Kuni.

«So probeweise im Gästezimmer ... gut. Ich bin ja eher das Alleinsein gewohnt. Aber eure lustige Gesellschaft in Küche und Wohnzimmer mag ich.»

«Du hast einen Monat Probezeit.»

Mary drückte ihre Zigarette im Aschenbecher aus. «Danach ist das hier dein WG Zimmer. Kuni und ich helfen dir, Möbel zu holen und dein neues Zuhause einzurichten. Eine kleine Stereo Anlage brauchst du bestimmt auch. Du hast ja noch Reserven auf dem Sparbuch, oder?»

«Ja, zum Glück. Außer für Kleidung und Essen gehen habe ich kaum was ausgegeben. Wohnung und Auto brauchte ich ja nicht bezahlen.»

«Hier zahlst du nur 250 Euro Warmmiete und 200 Euro in die Haushaltskasse für die Grundverpflegung. Günstiger kannst du nirgendwo leben.»

«Mehr nicht?»

Marlene nahm eine Zigarette aus der Schachtel. Mit Schrecken dachte sie an die hohen Mieten der Wohnungen in Olpe, die sich angesehen hatte.

«Nein. Nur insgesamt 450 Euro warm, inklusive Essen. Dann hast du noch 500 Euro im Monat für

Extras wie Zigaretten, Alkohol, Nüsse, Schokolade, Futter und Sand für Bobby, Kleidung. Oder ein eigenes Auto. Der Bulli ist übrigens für alle da. Du könntest also auch locker für Urlaub sparen.»

«Was soll ich in dieser Einöde?»

Marlene hatte den Brief fast vergessen, sie hatte ihn am Donnerstag beim Umzug in die Reisetasche gestopft. Sie saß nach dem Duschen auf dem Bett im Gästezimmer mit dem Wellensittich auf der Schulter.

«Guck mal Bobby. Ein Brief aus Köln ohne Absender. Der ist bestimmt von Fabian.»

Sie riss ihn auf.

«Oh, ein Bahnticket nach Köln. Er möchte mich bestimmt sehen.»

Bobby zwitscherte, flog aufs Bett. Dort zupfte er kleine Fetzen vom Briefumschlag ab.

Marlene sprang auf, ging im Zimmer hin und her.

«Der Boss der *Glücksbringer* Agentur hat mich zu einem Bewerbungsgespräch für den Job als Begleitung eingeladen. Schon am Dienstag.»

Sie trank einen Schluck Wasser aus der Flasche, die auf dem Nachttisch stand.

«Bobby, da arbeitet auch Fabian. Ist das nicht toll?»

Sie las den Brief weiter, setzte sich wieder aufs Bett.

«Ich kann in einem Hotel übernachten. Wenn ich den Job annehme, bekomme ich ein Apartment. Wow!»

Dann stutzte sie.

«Ich darf niemand davon erzählen. Was soll das? Warum muss ich meinen Ausweis, den Reisepass, die Bankkarten und die Rentenunterlagen mitbringen? Einfach nur eine Antwort schicken per SMS? Ja oder nein?»

Bobby flog in seinen Käfig, pickte Körner aus dem Futternapf. Die schmeckten ihm offensichtlich besser als Papier.

Marlene schloss die Käfigtür, nahm ihre Zigaretten, ging zur Raucherecke. Sollte sie den Job als Überraschung für Fabian annehmen? Sie hätten dann mehr Möglichkeiten sich zu treffen. In der Oldie-WG in Halbhusten brauchte sie dann nicht mehr wohnen. Was wird dann aber aus der Reise mit Mary nach Kreta zum Matala Beach Festival? Könnte sie Urlaub dafür bekommen? Eventuell auch Fabian? Was passiert mit Bobby? Köln oder Halbhusten? Wo würde sie sich wohler fühlen?

Das Handy klingelte. Es war Fabian. Er erzählte ihr, was ihm beim Besuch der alten Dame im Seniorenheim aufgefallen war. Besonders, dass sie von einem letzten Essen gesprochen hatte. Das wäre doch seltsam. Bei der Geschäftsfrau Gudrun war es ja auch so gewesen.

Marlene erwähnte nicht die Einladung zum Bewerbungsgespräch. Sie flunkerte, weil sie ihn überraschen wollte. Sie sagte, dass sie am Dienstag shoppen möchte in Köln. Er sollte sie anrufen, wenn er Zeit hätte gegen Abend. Falls nicht ... am Samstag nach Ostern wäre ein live Konzert in der Musikkneipe Mythos in Olpe. *Captain Overdrive*. Der könnte mit seiner Posaune singen. Irre. Vielleicht hätte er ja frei. Sie würde sich riesig über ein Wiedersehen freuen.

Es freute sie, zu hören, dass er es Dienstag versuchen würde. Samstag hätte er jedoch das Date mit der alten Dame.

Sie bat Fabian, seine Briefe an die Adresse von ihrer Freundin in Halbhusten zu schicken, dort wohnte sie im Moment.

«Sei vorsichtig» sagte sie noch, bevor das Gespräch abbrach. Danach ärgerte sie sich. Wenn sie den Job in Köln bekäme, könnte sie ja gar nicht ins Konzert. Egal, erst mal den Dienstag abwarten.

Die Musikkneipe Mythos war Ostersamstag voll und Taki gut drauf. Er legte klasse Musik zum Wohlfühlen auf. Viele Freunde von früher waren da zum Quatschen. Einige wohnten nicht mehr in Olpe, sie besuchten über Ostern ihre Eltern. Den beiden Freundinnen fiel auf, dass Debbie, Takis Freundin nicht mithalf in der Kneipe. Vielleicht war sie verreist. Als Lehrerin hatte sie ja Osterferien.

Marlene hatte nur Cola und Wasser im Mythos getrunken. Sie wollte auch mal einen Bulli fahren. Es war schon fast halb drei morgens.

«Du kannst das gut.» Mary kicherte. Übrigens, frohe Ostern!»

«Ebenfalls! Hm, bringst du mich Dienstag mittags zum Bahnhof nach Olpe?»

«Du fährst mit dem Zug? Seit wann nutzt du den öffentlichen Personenverkehr?»

«Erstens habe ich ein Date in Köln, zweitens habe ich kein Auto mehr.»

«Und drittens hat es dich erwischt», ergänzte Mary. «Ich muss eh zum Einkaufen nach Olpe. Triffst du den geheimnisvollen Fremden?»

«Ja, gegen Abend.»

«Schön ... du strahlst.» Halt mal an.»

«Ist dir schlecht?»

«Nein, mir geht es prima. Die paar Bier schaffen mich nicht.»

Marlene hielt am Straßenrand an, wunderte sich, dass Mary sie fest umarmte.

«Endlich wirst du wach und gönnst dir ein richtiges Date ohne Firma. Ich wünsche dir, dass der Fremde ein guter Freund wird für dich. Freunde sind eh besser als gefühllose Lover.»

«Kannst du auf Bobby aufpassen? Ich übernachte in Köln, in einem Hotel.»

«Das frag lieber Jule. Die ist verrückt nach dem kleinen Kerl. Fahr bitte weiter. Ich bin müde.»

Marlene hasste es, dass sie Mary angelogen und ihr nichts von dem Jobangebot erzählt hatte. Immerhin war das Date wahr. Fast.

Abends im Bett suchte sie im kleinen Reiseradio nach einem Sender, stoppte. Da spielte gerade *Me And Bobby McGee* von Janis Joplin. Sie würde so gern wieder von Fabian träumen diese Nacht.

Zehn

Dienstag, 22. April, Köln

Nachmittags um drei holte der Boss Fabian im Apartment ab. Am Hauptbahnhof stieg die Agentin Angela in den Bentley ein. Sie saß neben ihm auf der Rückbank, sagte nichts, starrte auf den Boden, knetete ihre Hände.

Fabian konnte wegen der dunklen Trennwand zum Fahrer und der Vorhänge hinten nicht erkennen, welche Strecke der Boss fuhr.

Vor dem *Tzukis* schickte der Boss Angela schon mal ins Haus. Fabian stieg aus, sollte aber draußen auf ihn warten. Er ging auf und ab, rauchte eine Zigarette.

«Hast du sie geortet?», fragte der Boss per Handy im Wagen.

«Ja, sie ist in Gummersbach in den Zug nach Köln gestiegen.»

«Super. Zieh dich um und komm gleich runter.»

Der Boss stieg aus, winkte Fabian zu sich.

«Wegen eines Termins kann ich euch nach dem Essen nicht fahren. Du gehst mit Angela im Park hinter der Villa spazieren. Wenn sie müde wird oder schwächelt, bring sie zu der Bank am Eingang des Parks. Halte sie fest, damit sie nicht umkippt. So, dass ihr wie ein Liebespaar ausseht. Spätestens um sieben hole ich euch ab.»

Diesmal war beim Essen der Kellner ein jüngerer Mann. Ob das wohl der Bruder vom Boss war? Er wirkte nicht so abgebrüht und cool wie er. Eher freundlich und höflich.

«Übrigens, eure Telefone haben einen starken Sender! Passt auf, was ihr sagt.»

Er stellte eine Flasche Wasser auf den Esstisch.

«Heute gibt es keine Spielkarten zur Auswahl. Der Boss hat das Drei-Gänge-Menü ausgesucht.»

«Danke», sagte Angela leise. Sie ahnte, was auf sie zukommen würde. Das war auf jeden Fall besser als ihre schrecklichen Schmerzen. Sie hoffte, das leckere Essen genießen zu können. Gut, dass sie einen Begleiter hatte.

«Wie lange bist du schon beim *Glücksbringer*?», fragte Fabian.

«Drei Jahre. Als Hartz IV Empfängerin war ich froh, dass der Boss mir diesen Job angeboten hatte. Was hast du vorher gemacht?»

«Ich war ein Penner, habe hier in Köln und am Rhein gelebt. Ach was gelebt! Dahinvegetiert habe ich im dauernden Kampf um einen trockenen und warmen Schlafplatz.»

«Dann halte dich bitte an die Regeln, sonst endest du so wie ich.»

Fabian sah sie erstaunt an.

«Bitte frag nicht weiter.»

Der Kellner brachte die Suppe.

Nach dem Essen gingen Angela und Fabian im Park hinter der Villa spazieren. Eine halbe Stunde später fiel ihm auf, dass sie langsam einen Fuß vor den anderen setzte, so als ob sie nicht stolpern wollte. Er stützte sie auf dem Weg zurück zum Eingang. Sie atmete schwer ein und aus.

«Sollen wir uns auf die Bank setzen?», fragte er.

Sie nickte, drückte seine Hand, zeigte auf ihren Mund, schüttelte den Kopf.

«Du kannst nicht mehr sprechen?» Wieder nickte sie.

In dem kleinen Konferenzraum im Hotel saßen sich der Boss und Marlene an einem Tisch beim Eingang gegenüber. Sie war vom Hauptbahnhof mit einem Taxi hierhergekommen, pünktlich zum Bewerbungsgespräch.

«Warum wollen Sie den Job?», fragte der Mann, der nur kurz erklärt hatte, dass er der Chef war von der Agentur *Glücksbringer*. Er lächelte, weil er sich freute, dass sie jetzt hier war.

«Ich bin arbeitslos, möchte aber noch arbeiten, um meine kleine Rente aufzubessern.»

«Dann habe ich den perfekten Job. Sie begleiten ab und zu eine Dame oder einen Herrn zum Essen in mein Restaurant. Mehr nicht. Dafür gibt es pro Monat zweitausend Euro bar auf die Hand. Wären Sie bereit, nach Köln zu ziehen?»

«Ja.»

«Sofort?»

Marlene stutzte, sie sah auf ihre Hände. Dieser stechende Blick aus seinen eiskalten blauen Augen gefiel ihr nicht. Er erinnerte sie an diesen Bond Schauspieler. Wie hieß der noch? Genau, Daniel Craig.

«Wenn Sie den Job annehmen, fahre ich sie gleich zu Ihrem Apartment. Das gehört dazu.»

«Wo ist denn das Restaurant?»

Statt einer Antwort räusperte er sich nur.

Ihr Handy klingelte, sie zog es aus der Handtasche. Hoffentlich ist das nicht Fabian! Nein, es war ihr Zahnarzt. Sie drückte das Gespräch weg. Sie hatte den Termin heute total verschwitzt. Das Handy legte sie auf den Tisch.

«Frau Maarwald, bitte beantworten Sie meine Frage.»

«Bekomme ich einen Vertrag?»

«Nein, nur einen Handschlag auf Vertrauensbasis.»

«Ja, ich bleibe in Köln.»

«Herzlichen Glückwunsch zum neuen Job.»

Der Boss stand auf, wollte ihr die Hand geben.

Marlene steckte ihre Hände in die Jackentaschen. Oh je, was hatte sie da gesagt? Einen Job ohne Vertrag annehmen? Ohne Sozialversicherung? Gleich sofort in das neue Apartment?

«Habe ich Bedenkzeit bis morgen früh?»

«Selbstverständlich. Ich hole Sie um zehn im Hotel ab.»

«Dankeschön!»

«Dann geben Sie mir bitte Ihren Ausweis. Das mit dem Ummelden erledige ich. Ach ja, Haben Sie den Reisepass mit?»

Marlene kramte in der Handtasche auf ihrem Schoß. Ein Lippenstift kullerte auf den Boden.

«Oh, den habe ich vergessen.»

«Die Rentenunterlagen?»

«Brauchen Sie die?»

«Die Bankkarten»?

«Gebe ich Ihnen morgen.»

Der Boss seufzte. Diese sture Frau hätte seinen Brief genauer lesen müssen. Dennoch erklärte er ihr die Regeln und Bedingungen bei seiner Agentur.

«Das prepaid Handy gebe ich Ihnen morgen früh. Dann beginnt auch die Ortung und Überwachung. Du heißt dann Agentin Andrea. Ich duze alle meine Agenten. Sie mich nicht.»

Marlene nickte, rutschte auf dem Stuhl hin und her. Die Seele verkaufen für einen Job? Ihren Namen ändern? Keine Kontakte mehr? Auch nicht zu Fabian? Wie sollte sie Bobby holen? So hatte sie sich das mit dem Job nicht vorgestellt.

«Wo ist die Toilette? Sorry ... die Aufregung.»

Sie stand auf, nahm die Handtasche.

Der Boss öffnete die Tür, deutete in den Gang. «Links, zweite Tür.»

Betont langsam ging sie los, bemerkte, dass der Chef die Tür schloss. Dann rannte sie los zum Ausgang des Hotels. Zum Glück hatte sie die bequemen Schuhe an.

Im Zimmer durchsuchte der Boss Marlenes Reisetasche. Da war Kleidung zum Wechseln, ein Paar Pumps, ein Nachthemd, eine Toilettentasche, eine kleine Plastikflasche Wasser und eine Packung Müsliriegel drin. Er bemerkte ihr Handy auf dem Tisch. Zum Glück brauchte er nur über den Bildschirm streichen, um es zu entsperren. Er klickte auf die Anruftaste. Aha, ein Zahnarzt hatte sie vorhin versucht anzurufen. Wo blieb sie denn so lange?

Er rannte auf den Flur, öffnete die Tür zur Damentoilette.

«Frau Maarwald?»

Keine Antwort.

Auf dem Weg zum Auto rief der Boss Ben an.

«Marlene ist abgehauen, einfach so», schrie er ins Handy. Ben sollte sofort losfahren, um im Hotel und am Hauptbahnhof nach ihr zu suchen. Auch im Irish Pub nachsehen, ob sie dort auf Fabian wartete. Den Pub hatte er ja erwähnt damals im Ludwig. Das mit der Agentin würde er allein schaffen.

Als es langsam dunkel wurde, saßen Angela und Fabian immer noch auf der Bank.

Sie bewegte sich kaum, wirkte wie erstarrt. Ganz eng hatte sich an ihn angelehnt.

Mühsam zog sie einen Zettel aus ihrem BH.

Er steckte ihn in die Hosentasche, versuchte umständlich, an die Zigaretten in der Jackentasche zu kommen.

Sie kippte seitlich von ihm weg.

Schnell zog er sie wieder zu sich, hielt sie fest umarmt.

Atmete sie noch? Saß er neben einer Toten? Am liebsten wäre Fabian weggelaufen. Zitternd wartete er auf den Boss, schaute auf seine Armbanduhr. Sieben war es schon.

Scheinwerfer kamen auf ihn zu auf dem schmalen Weg. Es war der Bentley.

Der Boss stieg aus. «Hilf mir mal!», rief er Fabian zu.

Sie hoben die reglose Frau hoch, legten sich auf die Rückbank des Autos. Fabian stieg vorne ein. Er schwieg, achtete nicht auf die Strecke, die sie fuhren.

Der Boss ließ ihn am Dom aussteigen.

Fabian setzte sich auf einen Poller an der Kreuzblume. Da, wo er Marlene kennengelernt hatte. Er las Angelas Zettel.

Ich sterbe heute nach dem Essen. Es erlöst mich von meinem Krebs. Zum Arzt zu gehen, war nicht möglich. Die Behandlung konnte ich mir von den 2000 Euro überhaupt nicht leisten. Wir haben keinen Angestelltenvertrag, sind nicht krankenversichert. Übrigens, wir sind alle auf dem Papier bereits tot. Uns gibt es offiziell nicht mehr.

Wenn der Boss merkt, dass du dich nicht an die Regeln hältst, geht es dir so wie mir. Ich habe beobachtet, wie du Briefpapier und Briefmarken besorgt hast. Pass bitte auf, wenn du als «toter» Mann noch leben willst.

Fabian sprang auf, rannte hin und her, rempelte Leute an, blieb sehen, rauchte eine Zigarette.

Was sollte das? Er war tot? Wie denn? Mit Sterbeurkunde? Hatte seine Tochter etwa eine bekommen? «Oh nein!», schrie er. Er musste ihr unbedingt schreiben, dass er lebt. Wo konnte er jetzt versuchen, Marlene anzurufen? Ohne, dass der Boss das mitbekam? Im Irish Pub?

Er setzte sich an die Theke in die Nähe von einem Lautsprecher, aus dem laute Musik tönte. Er bestellte einen Kaffee, trank hastig einen Schluck, legte sein Handy auf den Tresen, ging in die Küche. Dort war ein Festnetztelefon, das wusste er.

«Darf ich mal telefonieren?»

Er legte einen Zehner hin, wählte Marlenes Nummer.

«Ja, bitte», sagte jemand unwirsch. Fahrgeräusche waren zu hören.

Fabian erkannte die Stimme vom Boss, legte sofort auf. Wieso war ihr Handy bei ihm im Bentley?

Zurück am Tresen sah er den jungen Kellner vom *Tzukis*. «Warum liegt dein Handy hier?»

«Weil ich auf Toilette war.»

Fabian trank den Kaffee leer.

«Wartest du hier auf jemanden?»

«Nein. Ich will zurück ins Apartment.»

Er zahlte, verließ die Kneipe.

Der Boss rief seinen Bruder an. Er war wütend, sehr sogar. «Hast du sie gefunden?»

«Nein. Weder im Hotel noch am Bahnhof. Ich war an der Auskunft, am Gleis, wo Züge abfahren ins Sauerland. Nichts.»

«Und im Irish Pub?»

«Da war nur Fabian. Der hatte wohl einen Kaffee nötig, so fertig wie der aussah.»

«Hatte er sein Handy benutzt?»

«Nee ...»

«Verdammt!» Der Boss unterbrach ihn. «Vorhin kam ein Anruf auf Marlenes Handy rein. Von einer Kölner Nummer. Jemand hat sofort aufgelegt.»

Er öffnete das Seitenfenster im Auto.

«Du musst mir helfen mit der toten Agentin. Komm vorbei, sofort!»

Er warf Marlenes Handy auf die Straße. Im Rückspiegel sah er, wie ein Transporter es platt fuhr.

«Abhören kann ich es eh nicht mehr», murmelte er.

Marlene rannte vom Hotel in die Hohe Straße, dann ins *Früh* am Dom. Erst mal auf die Toilette. Ihr Magen knurrte, weil sie außer einem belegten Brötchen noch nichts gegessen hatte. Sie setzte sich im Brauhaus in die hinterste Ecke. Ein junger Köbes stellte ihr ein Kölsch hin, sie bestellte den Happenteller. Das half, sich etwas zu beruhigen.

Sie suchte das Handy in der Handtasche. Oh nein! Das hatte sie auf dem Tisch im Hotel liegen gelassen. Fabian konnte sie nicht anrufen. «Wieso geht alles schief?», murmelte sie. Verliert sie jetzt ihren neuen Freund? Schreibt er noch Briefe?

Tränen tropften auf das restliche Essen. Wohin sollte sie nun? Ins Hotel oder Irish Pub? Nein, da würde dieser fiese Typ sie finden. Sie wusste jetzt zu viel über den *Glücksbringer*. In einem anderen Hotel übernachten? Oder zurück nach Halbhusten? Mit dem Zug? Aber am Bahnhof war es zu gefährlich. Wo könnte sie sich verstecken? Wie spät war es eigentlich?

«Um acht beginnt die Nacht», sagte der nette Mann, stellte ihr ein neues Kölsch hin.

«Danke», sagte sie leise. Konnte er Gedanken lesen?

Der Köbes reichte ihr ein Taschentuch, setzte sich neben sie.

«Mädchen, nicht traurig sein. Brauchen Sie Hilfe?»

«Gibt es hier W-Lan?»

Sie zog den Reader aus der Handtasche.

«Mein Handy ist weg. Mein Freund auch. Er kann mich nicht erreichen.»

«Deswegen weinen Sie?»

«Ja, und weil ich weg muss. Ich werde verfolgt.» Sie schluchzte. «Meinen Oldies aus dem Sauerland möchte ich eine Nachricht schicken. E-Mail oder per Messenger. Vielleicht holt mich jemand ab.»

«Wenn sie anrufen wollen, nehmen Sie mein Handy.»

«Ich weiß die Nummern nicht auswendig.»

«Verstehe ...» Der Köbes stand auf. «Ich habe jetzt Feierabend. Bin gleich wieder da.»

Zehn Minuten später kam er mit zwei Kölsch zurück. Er hatte die blaue Schürze und die lederne umgeschnallte Geldtasche abgelegt.

«Sie sind eingeladen. Prost.»

Er diktierte den W-Lan Code und reichte ihr einen Zettel, legte sein Smartphone auf den Tisch. «Geben Sie ihnen meine Handy Nummer. Dann können die Sie sofort anrufen.»

Marlene schickte Mary und Kuni ihren Hilferuf. Sie merkte, dass nur der Ex-Kommissar online war.

Das Handy klingelte. Der junge Mann reichte es ihr.

Fabian riskierte es. Er schrieb zwei Briefe auf Toilettenpapier draußen auf dem Balkon. Mit einem Bleistift. Den hatte er in der Besteckschublade versteckt. Einen Brief an seine Tochter, dass er lebte. Den anderen an Marlene. Er machte sich Sorgen ... sie sollte vorsichtig sein! Hoffentlich war alles gut. Was wollte der Boss von ihr? Wo war sie jetzt? Hatte er herausgefunden, dass sie Kontakt hatten? Warum hatte er sein Briefpapier geklaut?

Er holte seine Gitarre, spielte einige Songs. Das beruhigte ihn. Zumindest etwas. Morgen früh musste er unbedingt versuchen, Umschläge und Briefmarken zu kaufen.

Kuni holte gegen zehn Uhr Marlene im *Früh* am Dom ab. Sie saß am Tisch mit dem jungen Mann und einem anderen, etwas älteren Köbes. Sogar lachen konnte sie wieder. Was wohl auch am Kölsch lag, wie es der Kranz, der Träger aus Zinkblech, mit den leeren Gläsern bewies. «Du gehörst auch zur Oldie WG?», fragte der Jüngere. «So was wäre auch was für meine Oma.» Er stand auf, grinste. «Ein Kölsch geht noch, oder? Erzähl mal!»

Es war mittlerweile fast Mitternacht, als Marlene in Tinas Auto stieg. «Wo ist denn Mary?»

«Die war im Kino.»

«Danke, dass du mich gerettet hast.»

«Erst willst du nicht zu uns und nun haust du auf die Werbetrommel. Willkommen Zuhause!»

Marlene versuchte, Kuni von dem unmöglichen Jobangebot und dem geplatzten Date mit Fabian zu erzählen, schlief jedoch ein, als der Wagen auf die A4 fuhr.

Elf

Donnerstag, 24. April, Halbhusten Köln und Olpe

«Willst du nicht mal aufstehen? Du hast ja gestern schon den ganzen Tag verschlafen.»

Mary stellte Marlene den Kaffeebecher auf den Nachttisch.

«Vielleicht muntert dich das auf.»

Sie wedelte mit einem Brief.

«Post aus Köln.»

Marlene sprang aus dem Bett, riss ihrer Freundin den Umschlag aus der Hand, setzte sich in den Sessel vor dem Fenster. Es war Post von Fabian. Ein längerer Brief.

«Wieso schreibt er auf Klopapier?», murmelte sie.

Sie zog den Bademantel an, steckte Zigaretten und Feuerzeug in die Tasche, suchte Socken und die Schlappen, nahm den Kaffee mit in die Raucherecke.

«Ich komme gleich auch», rief Mary ihr hinterher.

Fabian hatte Angst, weil der Boss und nicht sie das Gespräch an ihrem Handy angenommen hatte. Der Mann wäre gefährlich. Das hätte er jetzt erst erfahren. Schade, dass es nicht mehr klappte mit dem Anrufen. Dann könnte sie ihm erzählen, was passiert wäre. Er hoffte, dass alles in Ordnung bei ihr war.

«Geht's dir nicht gut?», fragte Mary, die sich zu ihr setzte. «Du zitterst ja.»

«Angeblich bin ich schon tot. Auf dem Papier. Ich muss mich mehr an die Regeln halten, sonst bin ich es wirklich bald. Eine Agentin musste deswegen schon als Verräterin sterben. Mein Briefpapier hat der Boss aus meinem Apartment geklaut. Deshalb das Toilettenpapier», las Mary leise vor.

«Gut, dass du auf den Boss, diesen Schurken, nicht reingefallen bist und abhauen konntest.»

«Ich will nicht, dass Fabian tot ist oder auch sterben muss.» Marlene putzte sich die Nase.

Mary umarmte ihre Freundin. «Ich fahre mit Christel gleich zum Check beim Arzt. Bin gegen Mittag wieder da.»

«Wo ist eigentlich Kuni? Der kann vielleicht als Ex-Kommissar helfen.»

«Der frühstückt mit seinen ehemaligen Kollegen.»

«Okay.»

Marlene las Fabians Brief weiter.

Er würde sich mehr an die Regeln halten. Es wäre unmöglich für ihn, sich aus Köln zu entfernen wegen der Ortung des Handys, das er immer bei sich haben musste. Überwachung total. Nach Olpe ins Mythos zu kommen, würde auf keinen Fall klappen. Außerdem hätte er den Termin mit der alten Dame abends im *Tzukis*. Er machte sich Sorgen, dass auch ihr etwas passieren könnte nach dem Essen.

Irgendwie müsste er es schaffen, am Montag neues Briefpapier und Briefmarken zu kaufen. Er würde dann sofort wieder schreiben. Und dabei aufpassen, dass es ihm nicht so ergehen würde wie der jetzt wirklich toten Agentin.

Wie gern hätte Marlene ihm gesagt, dass sie Angst um ihn hatte. Der Boss war extrem gefährlich!

Zum Schluss schrieb er, dass diese Agentin die Frau eines Geschäftsmannes aus Olpe beim Shopping und beim Essen begleitet hatte. Die wäre auch danach gestorben, sogar noch in Köln. Das war Anfang Januar.

Mittlerweile vermutete er, dass die Todesfälle etwas mit dem Essen im *Tzukis* zu tun hätten.

Marlene sprang auf, rannte in die Küche. «Ist noch Kaffee da?», fragte sie Anni.

«Ja. In einer halben Stunde gibt es Mittagessen. Pellkartoffeln mit Kräuterquark und Thunfisch.»

«Oh, lecker. Ist Kuni wieder da?»

«Der müsste in seinem Zimmer sein.»

Ohne Kaffee rannte Marlene los, klopfte kurz an Kunis Tür, riss sie auf.

Sie zeigte ihm den Brief. «Ich habe einen schlimmen Verdacht. Mein Chef ...»

«Aha, dein Ex-Lover.»

«Georgs Frau war doch Anfang Januar plötzlich tot. Kannst du rausfinden, ob sie in Köln gestorben ist?»

«Kein Problem.»

«Falls ja, dann hat sie vielleicht auch im *Tzukis* gegessen und ist deswegen gestorben.»

«Du meinst also ...»

Diesmal unterbrach Marlene ihn.

«Ist doch komisch, oder? Die Frau plötzlich tot, Firma verkauft, die ihm vorher nicht gehörte, und jetzt auf Weltreise mit der jungen Geliebten.»

*

Kommissar Antoine Sauerland staunte.

«Wow! Willst du mir die neue Biker Kollektion zeigen? Schickes Outfit.»

«Ne Antoine, das ist schön älter.»

Karla lachte, setzte ihren Helm ab. «Danke übrigens für die tolle Tour am Ostermontag. Hast du die ausgesucht?»

«Nein, der Tipp kam von Katie, meiner Cousine. Die Strecke nach Schmallenberg kannte ich auch noch nicht», sagte Antoine. «Kaffee?»

«Danke, aber ich muss sofort wieder los in die Werkstatt.» Sie holte einen Brief aus der Jackentasche. «Ich habe den Beweis. Papa lebt!»

Antoine las den Brief aufmerksam, stand auf.

«Komisch, dass er überwacht wird. Kann ich den kopieren?»

«Klar, warum nicht.»

Er ging zum Kopierer. «Von dem Job selbst schreibt er nichts. Vielleicht ist es verboten, darüber zu reden. Er scheint aber gut zu verdienen. Er will dir Anfang Mai wieder Geld schicken.»

*

«Taki hat Geburtstag. Er wird vierundvierzig. Kommst du mit ins Mythos?», fragte Mary nach dem Abendessen in der Raucherecke.

«Kuni und der Bienenudo wollen auch mit.»

«Gern. Haben wir ein Geschenk für ihn?», fragte Marlene.

«Ein ganz tolles. Jule hat mit Kunis Fotos einen Kalender gebastelt. Bei jedem Sonntag ist ein kleiner Zettel, den er abreißen kann. Das ist jeweils ein Gutschein für Kaffee und Kuchen hier. Sie möchte auch mit.»

Kuni kam mit der Pfeife in der Hand hinzu.

«Udo bringt Honig für Taki mit. Ich lege noch das Buch *Life* von Keith Richards dazu.»

Jule kam angelaufen, hüpfte aufgeregt hin und her.

«Ich darf mit. Aber Mama meint, ihr solltet nicht ewig bleiben, weil ich ja morgen früh zur Schule muss.»

Im Mythos feierten die Stammgäste und griechische Freunde mit ihren Familien Takis Geburtstag. Er hatte Teller mit Tomaten, Gurke, Peperoni, Oliven und Bifteki, Frikadellen mit Schafskäse-Füllung, auf die Theke in der hinteren Ecke der Kneipe gestellt. Dazu gab es knusprige Stücke Fladenbrot.

Marlene wunderte sich, dass Debbie nicht da war.

«Oh, eine griechische Tragödie ... die beiden haben sich getrennt», meinte Udo.

Taki wirkte ruhiger als sonst, lachte kaum, legte eher traurige Songs auf. Aber nur so lange, bis ihn ein Freund von der Musikanlage wegzog und fetzige Musik aussuchte. Mary und der Ex-Kommissar tanzten sogar zusammen.

Udo kannte viele Leute im Mythos. Er stellte Kuni einen jungen Mann vor, der bei der Dusche und Toilette für das neue Gästezimmer in der Scheune helfen konnte.

Taki setzte sich an einen Tisch, blätterte im Keith Richards Buch.

Marlene half mit Michalis, seinem Sohn, die Gäste mit Getränken zu versorgen. Sie verstand Taki, weil sie ja ebenfalls traurig war wegen Fabian und nicht wusste, ob sie ihn jemals wieder sehen würde. Auf ihren Ex-Chef war sie nur noch wütend. Als Lover vermisste sie ihn überhaupt nicht. Gefühlvoll war der nie gewesen.

Jule wollte auch helfen. Sie himmelte den Jungen an, der drei Jahre älter als sie war.

«Der hat schöne lange Locken, genau wie sein Papa. Nur heller. Und Gitarre spielen kann er auch», meinte sie.

Er versprach Jule, mal sonntags mit seinem Vater nach Halbhusten zu kommen. «Aber bitte mit Gitarre!»

Marlene, Mary, Kuni und Udo kauften noch Karten fürs live Konzert am Samstag, bevor sie mit Jule zurück nach Halbhusten fuhren. Die schlief schon im Bulli ein.

Um sie nicht zu wecken, stellte Marlene das Radio leiser und fuhr besonders vorsichtig. Sie liebte es mittlerweile, dieses Auto zu fahren.

Zwölf

Freitag, 25. April, Olpe und Siegen

Morgens ging Marlene zuerst zum Briefkasten. Leider war kein Brief von Fabian bei der Post dabei. Sie freute sich auf das gemeinsame Frühstück mit den WG Leuten und auf die Fahrt nach Siegen mit Mary.

*

Die beiden fuhren zuerst in die City Galerie, weil Marlene ein neues Smartphone brauchte. Dort war die Auswahl groß, sie suchte eins mit einem günstigen prepaid Tarif aus.

Nach einer Kaffeepause ging es dann weiter zum schwedischen Einrichtungshaus. Marlene wollte endlich mal selbst Möbel zusammenschrauben. Das hatte sie noch nie gemacht.

«Hast du den Grundriss mit den Maßen deines Zimmers mit?», fragte Mary.

«Ich habe gestern schon online gestöbert. Bett mit Aufbewahrung für die Bettwäsche tagsüber, Matratze,

Kleiderschrank, Kommode, Sessel, kleiner Tisch und ein Regal. Das passt ins Zimmer, in den Bulli auch?»

«Klar. Und unser Begrüßungsgeschenk für dich auch. Mary lachte. «Kopfkissen, Bettdecke, Bettbezüge, Tagesdecke, Vorhang oder Rollo fürs Fenster und ein oder zwei Kissen, vielleicht noch eine Stehlampe. An Deko denkst du ja nicht.»

Mary hatte Recht. Der Einkauf passte in den Bulli. Zusammen mit Marlene wuchtete sie die Kartons hinein. Oben drauf dann die großen Taschen mit dem Kleinkram.

«Gehen wir nochmal zurück ins Restaurant? Das Mittagessen zu Hause verpassen wir. Ist ja schon ein Uhr.»

«Super Idee. Ich lade dich ein. Du hast mich wirklich gut beraten.»

«Lass uns Köttbullar und Graved Lachs essen.»

Mary schloss den Bulli ab.

«Übrigens, die weißen Möbel, dazu die Tagesdecke, das Rollo und der Ohrensessel in blau gefallen mir gut. Auch die roten und gelben Kissen als Farbtupfer.»

Marlene nahm ein Stück Lachs von Marys Teller.

«Das sind die Farben von Griechenland.» Mary lachte. Sie pikste ihre Gabel in ein Hackbällchen auf Marlenes Teller.

«Du gibst wohl die Hoffnung nicht auf, den geheimnisvollen Fremden zu treffen.»

«Wieso?»

«In einem ein Meter vierzig breiten Bett können zwei Leute schlafen.»

«Stimmt.» Marlene grinste. «Ich freue mich auf mein neues Zimmer. Ehrlich! Kann ich trotzdem drei Monate Probezeit bekommen?»

*

Gegen halb drei waren die beiden Freundinnen zurück in Halbhusten, tranken erst mal einen Kaffee. Sie wunderten sich, wo Kuni, Hugo, Anni und Christel waren. Tina war bestimmt unterwegs bei Kunden und Jule noch nicht zurück aus der Schule.

Der bereits leergeräumte Bulli stand verlassen vor dem Haus. Das Gästezimmer war ebenfalls leer, bis auf die Möbelkartons und die großen Taschen mitten im Raum.

Kuni und Hugo hatten schon angefangen, die Möbel zusammenzubauen.

«Bobbys Käfig steht in Jules Zimmer», sagte Hugo.

Anni packte die neue Bettwäsche und Laken aus.

«Die wasche ich gleich, dann kommen sie in den Trockner. Bis heute Abend ist dein Zimmer fertig.»

«Aber ich wollte doch ...»

«Das ist Männersache», unterbrach Hugo Marlene.

«Wolltet ihr nicht Klamotten kaufen in Olpe?», fragte Anni. «Marlene braucht bunte Freizeitkleidung.»

«Genau. Ein neues Outfit. Erst mal Jeans, Pullis, Shirts und bequeme Schuhe. Kleider, Tops, Röcke kannst du in Matala kaufen», sagte Mary. «Falls der fiese Boss hinter dir her ist, erkennt er dich nicht mehr. Business ist vorbei!»

«Eine andere Frisur wäre auch gut für dich. Frag doch Tina», meinte Anni. «Etwas fetziger.»

«Ich will auch mit», sagte Christel. «Was Buntes steht mir bestimmt. Los raus aus dem Chaos.»

Sie nahm Marys Hand, zog sie aus dem Zimmer.

«Wo kommen das Bett, der Schrank und die Kommode hin?», fragte Kuni.

Marlene gab ihm den Zettel mit der Zeichnung.

«Okay. Wir treffen uns beim Abendessen.»

«Ich bringe Rotwein mit und Knabbereien als Dankeschön.»

Beim Rausgehen drehte Marlene sich kurz um. «Lasst mir bitte das Regal im Karton. Das baue ich morgen selbst auf. Ich will das schaffen, auch wenn ich noch nie einen Inbusschlüssel in der Hand hatte.»

Dreizehn

Samstag, 26. April, Köln, Olpe und Halbhusten

Marlene baute mit Jule das Regal zusammen. Das Mädchen verstand die Bauanleitung schnell, reichte ihr ein Seitenteil, ein Regalbrett und eine Schraube an. Sie lachte, als Marlene umständlich versuchte, mit dem Sechskantschlüssel die Schraube festzuziehen.

«Gib mal her. Ich zeig es dir. Du musst das langsamer machen.»

Marlene schaute genau hin. Und schon klappte es bei den nächsten Schrauben besser.

Jule holte Bobby aus dem Käfig. Er saß auf ihrem Finger.

«Der ist ja toll zahm. Kann er auch sprechen?»

«Dafür hatte ich leider keine Zeit, weil ich so selten zu Hause war. Reichst du mir bitte die Rückwand?»

«Guck mal, Bobby. Braun passt nicht zu den weißen Brettern.»

Jule kicherte. Der Wellensittich flog auf Marlenes Schulter, zwitscherte vor sich hin.

«Dreh sie einfach um.»

«Wenn ich euch beiden nicht hätte. Danke für die Hilfe.»

Marlene setzte Bobby auf das fertige Regal, holte ihr Handy. «Komm her, Jule. Das wird ein lustiges Foto.»

*

Fabian saß auf dem Sofa im Apartment, probierte einige Griffe auf der Gitarre, summte eine Melodie.

Plötzlich stand der Boss vor ihm.

«Eine Chance hast du noch», sagte er und legte einen Packen Euroscheine auf den Tisch, genau auf den Zettel mit dem Lied für Marlene. «Dein Honorar für Mai. Wenn ich hier nochmal Briefpapier finde, ist Schluss für dich. Verstanden?»

«Ja, Boss.»

«Beeil dich. Wir müssen los. Gertrud wartet nicht gerne.»

Fabian stand auf, zog die Anzugjacke an, stopfte das Geld in die Tasche, suchte seinen Schlüssel.

«Ich warte unten im Auto.»

Auf der Fahrt zum Seniorenheim überlegte er, ob er den Job aufhören sollte. Was, wenn es stimmte, dass er bereits tot war? Dann hatte er ja keine Aussicht auf seine kleine Rente. Oder musste er noch länger mitspielen und versuchen, seiner Tochter Geld zu schicken für den Motorradladen. Aber dann könnte er nicht mehr Marlene treffen. Ob sie wohl auch Unterstützung brauchte? Sie war ja jetzt arbeitslos, hatte keine Wohnung mehr.

«Guten Abend, Fabian.» Gertrud unterbrach seine Gedanken, als sie in den Bentley stieg. Sie hatte schon vor dem Seniorenheim gewartet. Das blaue Kleid, das sie trug, sah festlich aus, es stand ihr gut.

Die alte Dame und Fabian betraten das *Tzukis*, das Esszimmer in der Villa.

«Bitte stellen Sie das Handy aus», sagte Gertrud.

«Gerne.» Er schaltete es aus, legte das Telefon auf den Tisch. Fabian war froh, dass er neben ihr saß. So brauchte er sie nicht direkt ansehen. Ein letztes Essen?

Er fragte sich, ob sie es wirklich vorhatte. Wohl fühlte er sich nicht bei diesem Gedanken.

Der Kellner betrat den Raum. Er hielt vier Spielkarten in der Hand.

Aha, wieder diese Zeremonie mit den Karten, dachte Fabian. Er zog den Herz Buben.

Doch Gertrud ignorierte das. «Ich nehme die Spezialität des Hauses.»

«Die Fischsuppe als Vorspeise bringe ich gleich.» Er verließ den Raum.

«Wer ist dieser junge Mann?», fragte Fabian.

«Das ist Ben, der jüngere Bruder. Er hat es nicht leicht. Der ältere hängt den Chef deutlich raus. Alle nennen ihn Boss. Ich weiß gar nicht mehr, wie er wirklich heißt.»

Sie erzählte ihm von den beiden Brüdern und der schwerkranken Mutter, ihrer Freundin. Für sie hatte der Boss seinen Job als Koch aufgegeben. Er war viel gereist, besonders gerne nach Japan. Dann blieb er nur noch zu Hause, um sie zu pflegen und sich um den jüngeren Bruder zu kümmern. Sie hatte die Familie oft besucht und bei der Pflege geholfen.

Der Kellner brachte das Hauptgericht.

«Ach Ben, schön, dass du heute da bist.»

Sie strahlte ihn an, nachdem er die Teller mit den Fischgerichten auf den Tisch gestellt hatte.

Er flüsterte Gertrud etwas ins Ohr. Sie nickte.

Dann füllte er die Weingläser, wünschte guten Appetit, ging langsam aus dem Esszimmer.

«Sie wissen gar nicht, wie ich mich auf dieses Essen gefreut habe. Bald ist es vorbei mit den Schmerzen.»

Jetzt wusste Fabian, dass sie nachher sterben würde.

«Nein», sagte er und nahm ihr den Teller weg..

Doch Gertrud zog ihn wieder an ihren Platz, fing an zu essen.

«Hm, schmeckt das gut!»

Plötzlich stupste sie Fabian an. Sie zeigte auf seinen Teller. «Essen Sie nichts! Das sieht genau wie mein Gericht aus. Mir fällt ein, dass die Brüder nicht gut über Sie gesprochen haben.»

Fabian sah sie erschrocken an. Er sollte auch sterben? Seine Hände zitterten. Er schmiss Gabel und Messer auf den Tisch.

Gertrud steckte einen Briefumschlag in die Tasche seines Jacketts. «Stehen Sie auf, gehen Sie auf die Toilette, klettern Sie aus dem Fenster und rennen Sie hinter das Haus. Sofort! Da ist ein Trampelpfad, der führt zu einem Taxistand. Hauen Sie ab! Weg aus Köln. Bloß nicht in Ihr Apartment zurück. Und ...» Sie tätschelte seine Hand. «Lassen Sie Ihr Handy hier!»

*

«Marlene, darf ich Bobby mit in mein Zimmer nehmen?», fragte Jule beim Abendessen. «Dann ist er nicht so allein, wenn ihr im Mythos seid. Ich mach auch seinen Käfig sauber.»

«Wer ist Bobby?», fragte Christel. «Den habt ihr mir nicht vorgestellt.»

Jule lachte. «Das ist ein Wellensittich. Ich zeig ihn dir nachher.»

«Nimm auch die Decke mit für seinen Käfig. Dann kann er bei dir übernachten. Wir sind erst spät zurück vom live Konzert.»

«Au ja!» Jule sprang auf, flitzte die Treppe hoch.

«Denkt bitte dran, dass wir morgen Mittag zum Chinesen fahren. Wir haben noch 150 Euro Restgeld in der Haushaltskasse», sagte Anni.

*

Im Mythos lief noch der Sound Check der Band *Captain Overdrive*. Andreas sang gerade ein Lied mit seiner Posaune.

Kuni, Mary und Marlene setzten sich an die Theke, bestellten Bier bei Taki. Er lächelte, schien heute bessere Laune zu haben.

«Wow, Marlene. Du siehst flott aus. Bunte Shirts und Jeans stehen dir gut.»

«Übertreib mal nicht.» Sie grinste.

Es waren schon viele Leute in der Musikkneipe, wie immer bei live Konzerten.

*

Den Brief hatte Gertrud nur mit ihrem Vornamen unterzeichnet. Als Fabian ihn im Taxi las, weinte er.

Der junge Taxifahrer reichte ihm eine Packung Papiertaschentücher.

Bitte verstehen Sie mich. Ich will erlöst werden, so wie der Boss seine Mama «erlöst» hat. Warum? Die Schmerzen quälen mich, ich bin unheilbar krank, kann mich kaum noch bewegen. Vor allem will ich die Familie meines Sohnes retten. Er wohnt in meinem Haus, ist berufstätig, seine Frau im Moment nicht. Das erste Enkelkind ist drei Monate alt.

Ich habe mein Erspartes aufgebraucht für den Heimplatz. Meine kleine Rente reicht dafür nicht. Er verdient nicht genug Geld, um mir den Aufenthalt im Seniorenhaus weiter zu finanzieren. Er müsste dafür das Haus verkaufen. Das will ich nicht. Ich möchte, dass die junge Familie es erbt und somit schuldenfrei wohnt.

Mein Sohn wird nicht erfahren, wie ich gestorben bin. Laut Arzt erfährt er, dass ein Herzstillstand die Todesursache ist. Der Boss sorgt für eine angemessene Beerdigung. Er ist mir noch was schuldig ... ich habe niemals verraten, woran meine Freundin, seine Mutter, gestorben ist. So wie ich jetzt. Das tödliche Gift stammt vom Kugelfisch. Er hat in Japan gelernt, damit umzugehen.

Mittlerweile hilft er nicht nur alten kranken Menschen. Er ist geldgierig geworden, leider. Jetzt sterben gesunde Leute, weil Bösewichte sie loswerden wollen. Ben ist lieb, als sein Sklave muss er alles mitmachen. Ihm gefällt nicht, was sein großer Bruder tut.

«Sie haben Glück. Ab jetzt ist das Konzert ausverkauft.» Taki saß am Eingang der Musikkneipe an der Kasse, musterte den fremden Mann im Designeranzug, gab ihm die Eintrittskarte und die Biermarken. Dieser Typ wollte zu Marlene? «Sie ist oben», sagte er.

Fabian eilte die Treppe hoch. Er sah sie tanzen, direkt vor der Band. Er drängelte sich an den Leuten vorbei nach vorn, nahm ihre Hand, zog sie an sich, tanzte mit ihr bis zum Ende des Songs.

«Ist das Fabian?», fragte Mary, die neben Marlene getanzt hatte.

«So hat mich der Boss genannt.» Er gab ihr die Hand. «In Wirklichkeit heiße ich Rudolf Rennard. Also, ich bin der Rudi.»

«Was ist passiert?» Marlene sah ihn erstaunt an. Ein wohliges Gefühl breitete sich in ihr aus. Sie küsste ihn, spürte seine Wärme. «Lass uns draußen eine rauchen.»

«Die alte Dame hat mein Leben gerettet» sagte Rudi mit leiser Stimme. «Ich bin sofort abgehauen.» Er zitterte. Marlene hielt seine linke Hand. Sie saßen zusammen mit Mary und Kuni an einem Tisch im Biergarten.

«Diesen Brief hat sie mir gegeben.»

«Darf ich ihn lesen?», fragte der Ex-Kommissar. «Vorher hole ich ne Runde Bier und Ouzo. Okay?» Alle nickten.

«Wow! Das ist der Hammer. Du kommst nachher mit zu uns. Statt auf dem Sofa im Wohnzimmer kannst du ja bei Marlene übernachten», sagte Kuni. Er grinste.

«Wenn er möchte, gern.» Sie wurde heftig rot.

Weil es kühl war draußen, gingen sie wieder in die Musikkneipe an die lange Theke. Marlene und Rudi zwischendurch auch nach oben zu den Musikern. Gemeinsam fühlten sie den Rhythmus der Lieder, tanzten, küssten sich, lachten, genossen die Leichtigkeit des gemeinsamen Abends. Frischverliebte Oldies.

*

Marlene und Rudi saßen angezogen auf dem Bett in ihrem Zimmer. Beide unsicher, fast schüchtern.

«Ich kann auch auf dem Sessel schlafen», meinte er.

«Hier ist doch Platz für zwei.»

«Aber nur eine Bettdecke. Ich trau mich nicht.»

«Lass uns schlafen. Es ist fast drei Uhr.»

«In den letzten zwei Jahren hatte ich als Penner nie eine Chance gehabt, Frauen näher zu kommen. Davor war meine Ex-Frau schon lange weg.»

«Du hast auf der Straße gelebt?»

«Ja, es war eine schreckliche Zeit. Ich erzähl dir das morgen.»

Rudi stand auf, zog sich aus, bis auf die Unterhose. Schlüpfte schnell unter die Bettdecke.

«Auch ich schlafe schon länger allein. Das ist ebenfalls eine unerfreuliche Geschichte.»

Marlene verließ das Zimmer, kam kurze Zeit später im Schlafanzug zurück. Schlief Rudi bereits? Seine Augen waren geschlossen. Er atmete tief und ruhig.

Vorsichtig kroch sie ins Bett, kuschelte sich an seinen warmen Körper. Er seufzte zufrieden, legte einen Arm um sie.

Vierzehn

Sonntag, 27. April, Halbhusten, Köln und Gummersbach

Rudi weckte Marlene mit einem Kuss. Zärtlich berührt er mit seiner Zunge zuerst ihre Lippen. Als sie ihren Mund leicht öffnete, auch ihre Zungenspitze. Nicht so plump und fordernd wie ihr Ex-Chef-Lover, der seine Zunge immer sofort tief in ihren Mund gebohrt hatte. Marlene kuschelte sich näher an ihn ran. Legte ein Bein über seins, bewegte sich im Rhythmus des sanften Kusses. Kein Grapschen an ihren Po oder an die Brüste, so wie sie es vom Ex gewohnt war. Ein wohliger Schauer durchfuhr ihren Körper. Er merkte es, wog sie sanft hin und her. Marlene drehte sich weiter zu ihm, lag fast auf ihm. Ein intensiver Orgasmus überraschte beide.

Sie duschten zusammen, streichelten gegenseitig das Duschgel über die Körper. Duftende Streicheleinheiten am Morgen. Haut berühren, ohne an Sex zu denken. So wohl hatte sich Marlene schon lange nicht mehr gefühlt. Als Freundin einem Freund so nah zu sein.

«Können wir heute meine Tochter besuchen?», fragte Rudi beim Abtrocknen.

«Wo wohnt sie?»

«Hier in der Nähe. In Gummersbach.»

«Ich kläre das gleich beim Frühstück.»

«Ob Kuni wohl eine frische Unterhose für mich hat?»

*

Der Boss und sein Bruder saßen in der Küche beim Mittagessen.

«Finde Fabian! Der muss dringend entsorgt werden. Und auch diese Marlene. Die wissen zu viel.»

Ben stocherte mit der Gabel im Salat, pickte eine Olive heraus.

«Och ne, wie denn?» Ben seufzte.

«Fahr nach Olpe zu ihrem Apartment, vielleicht ist er ja dahin geflüchtet. Falls er nicht dort ist, guckst du auf der Rückfahrt, ob er bei seiner Tochter in Gummersbach ist. Nimm meine Pistole mit dem Schalldämpfer mit.»

«Spinnst du? Ich töte nicht! Mir stinkt das alles. Von wegen Gutes tun. Ma-Pa-Boss, das war mal. So wie bei Mama, vielleicht auch bei Gertrud. Oder wolltest du sie loswerden, weil sie zu viel wusste?»

«Ruhe jetzt!»

«Alles läuft aus dem Ruder. Du mit deiner Gier nach dem großen Geld.»

«Ich tue doch nur Gutes! Alten kranken Menschen helfen ... so wie Mama damals. Bei einem leckeren Essen in angenehmer Begleitung Abschied nehmen vom Leben.»

«Manchmal glaube ich, dass Mama nicht freiwillig gestorben ist. Du warst sauer, dass du wegen ihrer Krankheit den Job als Sternekoch bei deinem Freund in Japan aufgegeben hast. Ich war ja zu jung und überfordert für Mamas Pflege.»

«Und ich gebe Arbeitslosen einen Job.»

Ben schob seinen Teller weg, stand auf.

«Ja, ja. Tote Leibeigene sind das. Ich bin es leid, sie auf deine Anweisung zu überwachen und beim Todesessen die Opfer als Kellner zu bedienen. Dafür habe ich nicht Medieninformatik studiert.»

Der Boss klatschte mit der Hand auf den Tisch.

«Stell dich nicht so an!»

«Das ist nicht mehr nur Sterbehilfe, sondern immer öfter Mord im Auftrag von skrupellosen Leuten, die unangenehme Angehörige loswerden wollen, weil sie deren Firmen klauen.»

«Wenn du nicht spurst ...»

«Vergiftest du mich?» Ben nahm sein Handy.

«Abhauen bringt nichts!» Der Boss lachte.

«Offiziell bist du schon seit fünf Jahren tot. Ertrunken bei einem Badeurlaub.»

Ben starrte seinen Bruder an, rannte aus der Küche nach draußen in den Park. Er setzt sich an den Teich, beobachtete die Enten. Tränen liefen ihm die Wangen runter.

*

In der Oldie-WG genossen die Konzertbesucher ein ausgiebiges spätes Frühstück, das Anni ihnen zubereitet hatte.

«Fahrt ihr gleich mit zum Chinesen?», fragte sie. «Ich freue mich auf das leckere Buffet, die anderen auch.»

«Lasst es euch schmecken», sagte Mary. «Wir fahren mit Tinas Auto nach Gummersbach. Dort besuchen wir Rudis Tochter.»

«Marlene, Bobby war ganz lieb.» Jule stürmte herein.

«Wer ist das?», fragte Rudi.

«Der Wellensittich.»

«Ich mag die putzigen Vögel auch. Ich seh ihn mir nachher an.»

Jule flitze wieder los.

«Hey, übrigens. Meine Jeans und der Pulli passen dir perfekt», sagte Kuni.

«Hast du die Telefonnummer von Karla rausgekriegt?», wollte Rudi wissen.

«Ja, ich habe sogar kurz mit ihr gesprochen, aber noch nichts verraten.»

«Das wird eine große Überraschung für sie.» Marlene umarmte Rudi.

«Müssen wir ihr einen Zettel schreiben, dass sie das Handy weglegt?», fragte Kuni.

«Nein. Da ich ihre Mobilnummer nicht kannte, habe ich meine Tochter nie angerufen. Der Boss kann sie nicht abhören.»

*

Karla räumte in der Werkstatt auf. Sonntags klappte das immer gut, keine Kunden störten sie dabei. Sie sah auf die Uhr. Gleich zwölf. Zeit für eine Pause. Beim Blick aus dem Fenster bemerkte sie das Auto mit Olper Kennzeichen vor dem Haus. Doch ein Kunde heute. Aber keine Reparatur. Nur ein Typ, der angerufen hatte und sich für ein neues Motorrad interessierte. Der Mann mit dem grauen Zopf stieg aus, dann zwei Frauen und ...

«Papa», schrie Karla, riss das Scheunentor auf, rannte über die Wiese zum Haus, umarmte ihren Vater. Beide weinten vor Freude.

Ben stand mit seinem Motorrad hinter einer Hecke und beobachtete die Szene. Er wischte ein paar Tränen aus dem Gesicht. Nein, das ging gar nicht! Den Vater im Beisein seiner Tochter erschießen? Und dann auch Marlene? Außerdem waren da der fremde ältere Mann und die andere Frau als Zeugen. Er setzte den Helm wieder auf, schob das Motorrad zur Straße.

Rudi war geschockt, als Karla ihm erzählte, dass sie eine Sterbeurkunde bekommen hatte.

«Ich war traurig. Dann kam dein Brief mit dem Geld. Zusammen mit dem Kommissar Sauerland in Köln versuchte ich rauszukriegen, ob du noch lebst.»

Beim Kaffeetrinken erzählte Rudi seiner Tochter vom Job bei der Agentur *Glücksbringer*. Marlene und Kuni ergänzten die Infos.

«Dieser Boss ist gefährlich. Was hast du jetzt vor?», fragte Karla.

«Fliehen, weg von Köln ...»

«Oder du kommst in ein Zeugenschutzprogramm», meinte Kuni.

«Auf gar keinen Fall. Lieber per Anhalter nach Kreta.» Rudi lachte. «Hast du noch mein altes Motorrad, Karla?»

«Klar, Papa. Es ist fahrbereit, sogar versichert und angemeldet. Ich nutzte das öfters für Gäste zum Ausprobieren.»

«Wahnsinn! Hast du passende Klamotten für mich?»

«Komm mit in den Laden.»

Marlene, Mary und Kuni folgten den Beiden.

Karla grinste, als Rudi im neuen Outfit samt Helm vor ihr stand. Sie ging zum Schreibtisch, öffnete eine Schublade.

«Hier ist dein Führerschein, der war bei den Papieren, die du hiergelassen hast. Und der Ausweis. Oh, er ist sogar noch fünf Monate gültig.»

«Danke!» Rudi umarmte Marlene. «Auf nach Matala.» «Willst du sofort los?», fragte Karla.

«Gleich. Zuerst in die Oldie-WG. Nach Griechenland und Kreta erst morgen.»

Sie sah ihn erstaunt an.

«Rudi war auf der Flucht vor dem Boss bei uns gelandet.» Kuni stupste Marlene an. «Weil er diese Lady in Köln kennengelernt hatte.»

«Der Schurke hat doch unser Gespräch über Matala mitgehört. Verfolgt der uns etwa bis dorthin?» Marlene sah Rudi an, hielt seine Hand.

«Glaub ich nicht.»

Bevor sie losfuhren, machte Kuni Fotos von Rudi und Karla. Auch von seinen Papieren. «Das ist der Beweis, dass er lebt», sagte sie. «Zeigst du die morgen Kommissar Sauerland in Köln? Ich habe keine Zeit.»

Kuni nickte. «Mittags fahre ich los.»

«Super, ich rufe Antoine gleich an.»

Rudi notierte sich Karlas Telefonnummern, gab ihr Marlenes Handynummer. «Ich melde mich morgen, wenn ich ein neues Handy habe.»

Karla holte einen Briefumschlag aus dem Tresor. «Das sind deine fünfhundert Euro. Du brauchst die jetzt mehr als ich.»

«Kauf dir davon ein Flugticket für Kreta zum Matala Beach Festival. Ein paar Tage Urlaub tun dir gut. Ich freue mich, wenn du kommst.»

*

Abends nach dem Abendessen in der WG saßen Marlene und Rudi allein in der Raucherecke. Die gemauerte Feuerstelle spendete eine angenehme Wärme. Mary hatte ihnen fürs Abschiednehmen eine Flasche Rotwein spendiert.

«Ich freue mich auf Matala und auf die Zeit mit dir dort», sagte Rudi.

«Willst wirklich morgen losfahren?» Marlene trank einen Schluck Wein.

«Ich würde gern länger bleiben. Mir gefällt es hier mit dir. Aber dann bringe ich dich in Gefahr. Wer weiß, was der Boss alles anstellt, um mich zu finden.» Er warf die ausgerauchte Zigarette ins Feuer. «Bis jetzt kennt der Kerl deinen neuen Wohnort nicht. Dein Handy kann er nicht mehr orten oder abhören. Hier bist du sicher.»

«Sind wir es denn in Matala?»

«Ich hoffe es. Komm mal her.»

Marlene setzte sich auf seinen Schoß, küsste ihn. Sie genoss den Abend mit ihm, fühlte sich wohl. Mit ihm war alles so einfach.

Er erzählte, warum er als Penner gelebt hatte, auch von seiner Ex-Frau und ihren Ansprüchen, die er als

Träumer nicht hatte erfüllen können. Sie über ihre Arbeit, den Chef und Ex-Lover, der sie nur ausgenutzt hatte. Mit Wertschätzung oder gar Liebe war da nie was von seiner Seite gewesen.

Rudi holte Wasser aus dem Haus, löschte das Feuer, nahm die Weinflasche und die Gläser.

«Schön, dass es dich gibt! Lass uns schlafen gehen.»

Fünfzehn

Montag, 28. April, Halbhusten und Köln

Marlene, Rudi, Kuni, Hugo und Christel saßen gemütlich am Frühstückstisch. Mary war im Bulli mit Anni unterwegs in Olpe zum Einkaufen. Tina hatte Jule zur Schule nach Drolshagen gebracht und kümmerte sich um die Friseurtermine im Altenheim.

«Wer möchte noch Kaffee?» Rudi stand auf, holte die Thermoskanne.

«Die Stimme kenne ich nicht», sagte Christel. «Wohnt der Mann jetzt auch hier?»

«Das ist Rudi, mein Freund», antwortete Marlene. «Er bleibt bis morgen.»

«Schade. Der ist so nett» Christel klopfte mit dem Löffel an ihre Tasse. «Kaffee bitte.»

Marlene öffnete ihr Notebook.

«Such mal nach *Road to Matala*», meinte Kuni.

«Super, drei mögliche Strecken gibt es. Welche ist mit dem Motorrad besser?», fragte Rudi.

«Wahrscheinlich die über Italien. Ab Brindisi mit der Fähre rüber nach Patras, West-Griechenland. Und dann von Piräus nach Heraklion, Kreta.

«Wow, das sind ja über dreitausend Kilometer.»

«Früher bin ich auch Motorrad gefahren», sagte Hugo. «Aber so weit noch nie.»

Marlene staunte. «Willst du die Strecke wirklich fahren?»

«Ja, aber in aller Ruhe. Bis du nach Matala kommst, schaffe ich das.» Rudi lächelte Marlene an, pustete ihr einen Handkuss zu.

Bei der nächsten Kaffeerunde bestand Christel darauf, mit zur Raucherecke zu kommen, ebenso Hugo.

«Bitte halte meine Hände fest. Dann hört das Zittern auf», bat er sie.

Die Beiden stellten jede Menge Fragen über Kreta und Matala.

Kuni nahm Rudi auf seinem Motorrad mit nach Olpe.

«Ich spendier dir ein neues Smartphone. Prepaid mit viel Datenvolumen, damit du uns Fotos schicken kannst. Und neue Passfotos für deinen neuen Ausweis. Ich melde dich bei uns in der WG an. Einverstanden?»

«Dankeschön. Das ist lieb von dir. Kennst du einen preiswerten Laden für Jeans, Shirts, Unterhosen und Socken? Turnschuhe, Sandalen und einen Rucksack brauche ich auch noch.»

«Einen wasserfesten Rucksack kannst du von mir haben. Ich habe drei davon.»

«Klasse! Oh, halt mal kurz an der Bank dort. «Ich brauche kleine Scheine für die Reise.»

Nach dem Mittagessen in Halbhusten hängte Kuni Rudi einen Brustbeutel um. «Extra Reisegeld für dich, weil du nicht zelten willst. Hast ja Recht. Pensionen sind bequemer in unserem Alter.» Er umarmte ihn. «Gute Reise!» Er fuhr los nach Köln zum Kommissar Sauerland.

Danach machte Rudi sein Motorrad startklar für die lange Reise nach Matala.

Alle wünschten ihm viel Glück bei seiner Flucht vor dem Schurken.

«Pass auf dich auf.», sagte Marlene. Sie schmiegte sich an ihn. Sie küssten sich, ganz intensiv.

«Ich rufe dich an, schicke Postkarten und Liebesbriefe», flüsterte er ihr ins Ohr. «Tschüss bis Juni in Matala.»

*

«Kommissar Wurzel? Herr Kollege, Sie haben die Beweise, dass Rudolf Rennard lebt?»

«Ex-Kommissar, Kuni.» Er nickte, nahm den Helm ab.

«Okay, Antoine.»

Beide lachten.

Zunächst zeigte Kuni ihm das Foto von Rudi mit seiner Tochter Karla. Dann die Kopie vom Ausweis.

«Meldest du den Behörden in Köln, dass er lebt? Es ist wichtig wegen seiner Rente, auch wenn es nicht viel ist.»

«Wohnt er bei Karla jetzt?»

«Ich melde ihn in Drolshagen an, sesshaft in unserer Oldie-WG in Halbhusten.»

«Hört sich gut an.»

Beim Kaffee draußen in einem Café erzählte Kuni von Rudis Job, dem Boss und den Todesfällen nach dem Essen im Fischrestaurant *Tzukis,* das es offiziell nicht gab. Er zog einen DIN A5 Umschlag aus seiner Lederjacke, reichte ihn Antoine.

«Das sind Infos, Briefe von Rudi, Marlene, von mir und einer alten Dame, die bewusst sterben wollte.»

«Wer ist Marlene?»

«Die wohnt auch bei uns. Rudi hat sie in Köln kennengelernt. Wahrscheinlich Liebe auf den ersten Blick bei Beiden.»

Während Kommissar Sauerland konzentriert die Unterlagen las, stopfte Kuni seine Pfeife, rauchte sie genussvoll.

«Hm, der Tabak riecht gut.» Antoine schaute kurz auf. «Das ist der Hammer! Vergiftet mit Kugelfisch.»

Er bestellte noch zwei Kaffee.

«Laut Rudis Angaben und Zeichnung finde ich das Apartment und seine Gitarre. Vielleicht auch das Haus mit dem geheimen Restaurant. Der Park und der Taxistand sind hilfreiche Hinweise.»

«Wie du siehst, reichen die tödlichen Kreise bis nach Olpe. Hast du einen Stift?»

Antoine reichte ihm den Umschlag und einen Kugelschreiber, trank einen Schluck Kaffee, verzog das Gesicht. «Ich habe den Zucker vergessen.»

Kuni schrieb Name und Adresse von Marlenes Chef auf. «Der ist aber auf Weltreise.»

«Tja, das ist ein brisanter Fall», meinte Antoine. «Kann ich bei euch vorbeikommen und mit Rudi sprechen?»

«Später vielleicht. Im Moment ist er mit dem Motorrad auf dem Weg nach Matala.»

«Wo ist das denn?»

«Im Süden von Kreta.»

«Was will er da?»

«Marlene treffen, die zum Beachfestival dort ist im Juni. Das weiß auch der Boss, weil er Rudis Handy abgehört hat.»

«Oh klar. Die wissen zu viel.»

«Ja, der Mann ist gefährlich. Kannst du nicht dienstlich dorthin und auf sie aufpassen? Eventuell den Boss verhaften?»

«Sorry, wir haben da keine Kompetenzen.»

«Vielleicht in einer Taverne bei einem Raki mit einem Polizisten?», meinte Kuni.

«Raki? Was ist das denn?»

«Ein kretisches Getränk, es ist ein Weintresterschnaps. So ähnlich wie Grappa. Die Kreter stellen Raki auf traditionelle Art und Weise her.»

«Wegen Kreta ...» Antoine druckste herum, nahm ein Stück Zucker, tauchte es in den Kaffee. «Ich habe Flugangst.»

«Wie du fliegst nicht?»

«Es ist durchaus möglich, dass der Schurke hinter den beiden her ist.» Antoine grinste. «Vor allem, weil eine junge Liebe im Spiel ist. Soll ja im Alter durchaus vorkommen. Pass du doch auf Marlene ... und auf den lebendigen Toten.»

«Ich bin nicht mehr im Dienst», antwortete Kuni.

«Hast aber bestimmt jede Menge Erfahrungen, oder?»

*

Ben warf die Pistole aufs Sofa, sie landete direkt neben seinen Bruder.

Der Boss nahm die Kopfhörer ab.

«Auftrag erledigt?»

«Gott sei Dank nicht.» Ben grinste, setzte sich in den Sessel gegenüber vom Sofa. «Im Apartment wohnt diese Marlene nicht mehr. Also war auch kein Fabian da. Die Nachbarn wussten nicht, wo sie jetzt ist.»

«Und in Gummersbach?»

«Da war niemand. Ein Mann erzählte mir, dass die Tochter mit dem Motorrad unterwegs war. Er hat sonst niemand im Haus oder in der Werkstatt gesehen.»

«Dann fliegst du nach Matala ... Marlene hat den Urlaub gebucht. Fabian will da bestimmt auch hin.»

«Der hat doch keinen Ausweis mehr. Wie kann er ohne reisen?»

«Sie haben im Ludwig darüber gesprochen. Also versucht er es. Dann schlagen wir zwei Fliegen mit einer Klappe.»

Ben stand auf, verließ den Raum. Er war froh, dass sein Bruder die Lüge von Gummersbach nicht gemerkt hatte. Jetzt war sein Plan dran!

Sechzehn

Mittwoch, 30. April, Halbhusten

Backorgie in der Küche am Nachmittag. Und Anni in ihrem Element. Jeder half mit. Sie schnitt Obst, Hugo rührte den Teig, Tina bereitete Streusel vor, Jule durfte die Sahne schlagen, Marlene überwachte den Backofen, Mary sorgte für Platz in der Vorratskammer.

Kuni räumte die Scheune auf und stellte Klapptische und Bänke hinein.

Christel saß bereits am Esstisch in der Wohnküche, klopfte mit der Gabel auf den Teller. «Ich will aber jetzt schon ein Stück Kuchen.»

«Ja, gleich probierst du den ersten Mohnkuchen.» Mary legte die Gabel neben den Teller.

«Der Busfahrer Christian kommt erst morgen mit dem Oldie-Bus, dann darfst du so viel Kuchen essen, wie du willst. Er bringt wieder Gäste vorbei zum Kaffeetrinken in der Scheune. Ich und Kuni erzählen ihnen dann von unserer Idee der Oldie-WG. Egal, ob zwei Leute in einer Wohnung wohnen oder drei bis vier in einem Haus. Es können auch Jung und Alt zusammen sein. Wie zum Beispiel in Kunis Haus. Da lebt jetzt eine Familie mit drei Kindern und den Großeltern.»

«Ist das der Busfahrer, der euch vor zwei Jahren heimlich hierhin gefahren hat?», fragte Marlene.

«Ja. Wir wollten in aller Ruhe ausprobieren, ob unsere Idee der WG klappt. Ohne dass die Angehörigen uns reinredeten oder das vermiesten. War das aufregend.»

Marlene öffnete vorsichtig die Backofentür mit den Küchenhandschuhen, zog das Backblech heraus.

«Hm, wie das duftet. Ist das der berühmte Mohnkuchen?»

«Klar, den gibt es öfters hier, wenn du bleibst. Übrigens, heute ist Deadline!»

«Wofür?»

«Für deinen Mietvertrag. Sonst bekommt den morgen einer von den Gästen, falls sich jemand spontan entscheidet. Drei Monate Probe gilt nicht mehr. Willst du hier wohnen oder nicht?»

«Ja» schrien alle im Raum. «Bitte bleib, Marlene!»

.

Siebzehn

Donnerstag, 1. Mai, Halbhusten und Köln

Nach dem Aufräumen in der Scheune und in der Küche saßen alle WG-Leute gegen Abend in der Raucherecke, außer Christel und Hugo. Sie hörten Musik und tanzten im Wohnzimmer.

«Die Ausflugsgäste haben den Nachmittag genossen. Sie überlegen nun auch, wie sie das mit einer WG schaffen.» Mary strahlte. «Tina, hast du Lust mir gleich die Haare zu schneiden?»

«Klar, mach ich! Und Marlene auch.»

«Ne, lass mal», murmelte sie.

Eine Stunde später saß Mary mit nassen Haaren auf einem der beiden Stühle, die sie aus dem Esszimmer mitgebracht hatte, im hinteren Teil des Wohnzimmers. Auf dem anderen saß Marlene mit einem Brei auf ihrem Kopf.

«Der muss zwanzig Minuten einziehen, damit die Farbe raus geht.», sagte Tina. «In der Zeit schneide ich Mary die Haare.»

«Aber nur die Spitzen.»

«Klar, dann kannst du deine schulterlangen Haare im Urlaub noch als Zopf zusammenbinden. Wo ist Jule?»

«Bei Christel. Sie liest ihr aus Harry Potter vor. Die beiden lieben diese Vorleserunde.»

«Was ist, wenn mir graue Haaren nicht gefallen?», fragte Marlene.

«Schau Mary an. Ihr Grau sieht super aus. Zu deinem neuen Outfit passt der schwarz gefärbte Bob nicht! Der ist zu streng. Ich schneide dir ne pfiffige Kurzhaarfrisur. Moment ...»

Sie holte eine Zeitschrift, schlug sie auf.

«Guck mal ... so wie Joan Baez. Steht dir bestimmt gut.»

«Ich weiß nicht.» Marlene schüttelte den Kopf.

«Kommst du mit ins Bad? Den Brei auswaschen, der muss runter.»

Eine halbe Stunde später kam Kuni ins Wohnzimmer.

«Wow Marlene! Die perfekte Hippie Sommer Frisur für dich. Und der böse Boss erkennt dich garantiert nicht mehr.»

«Meinst du, dass der mich in Matala sucht.»

«Wahrscheinlich nicht.»

«Okay.» Sie umarmte Tina. «Dankeschön! Ich fühle mich wie ein neuer Mensch.»

«Wer schneidet dir denn die Haare?», fragte Marlene.

«Eine Freundin. Alle drei Monate die Spitzen und die Konturen etwas fransig. Bei halblangen Locken ist das praktisch.»

«Hast du sie getönt?»

«Nein, das Braun ist Natur.»

«Wo ich schon einmal hier bin …» Kuni räusperte sich. «Kannst du mir auch die Haare schneiden? Nur die Spitzen.»

«Klar, ab auf den Stuhl.»

«Der Sohn von Christel hat gerade angerufen. Er kommt mit Familie am nächsten Wochenende zu Besuch.»

«Komisch», sagte Mary. «Ich dachte, er kommt erst wieder über Weihnachten. Was will er hier? Sehen, ob alles in Ordnung ist?»

«Der hörte sich so offiziell an. Hoffentlich verkauft er das Haus nicht.»

«Oh je ...» Tina hob die Schere auf, die ihr vor Schreck runtergefallen war. Dann wehrt sich Christel bestimmt. In ein Heim geht sie nicht!»

«Aber er hat die Vollmacht. Was wird dann aus der WG?» Mary ging im Wohnzimmer auf und ab. «Noch gehört das Haus Christel. Ich liebe meinen 450 Euro Job hier als Mädchen für alles. Das Geld kann ich gut gebrauchen. Viel Rente habe ich nicht. Ich war ja nur angestellte Lehrerin. Das alles aufgeben?»

«Kommt nicht in Frage. Dann kaufe ich es.» Kuni hob seinen Daumen hoch. «Ich hab ja den Erlös von meinem Hausverkauf. Wenn es nicht reicht, bekomme ich das restliche Geld von der Bank. Mit meiner Beamtenpension klappt das bestimmt, auch mit 65.»

«Bist du sicher?», fragte Mary.

«Klar, ich mag mein neues Zuhause. Und euch alle hier auch. Ich will nicht mehr allein leben.»

Die drei Frauen atmeten tief durch, lächelten, umarmten den Ex-Kommissar Kunibert Wurzel.

*

Der Boss legte einen Personalausweis auf den Bistrotisch in der Küche.

«Deine neue Identität. Alle früheren Daten stimmen, nur der Nachname ist neu. Gewöhn dich dran!»

«Bogenhausen? Hast du keinen kürzeren gefunden?»

«Mir gefiel er. Niemand kann dich mehr mit mir in Verbindung bringen. Auf diesen Namen bist du auch über dein Gehalt, das ich dir gezahlt habe, sozialversichert. Such dir einen neuen Job.»

«Und wo?»

«In Hamburg. Ich habe eine günstige Wohnung für dich gekauft, direkt an der Binnenalster. Da kannst du hin nach Matala.»

Ben setzte sich auf den Bistrostuhl, stellte sein Handy in der Hosentasche auf Aufnahme.

«Ich fliege nicht nach Kreta!»

«Doch!» Er zeigte Ben das Flugticket. «Ein Zimmer musst du selber buchen. Oder willst du wirklich tot sein?»

«Das wagst du nicht ...»

«Und ob, Kleiner! Ich habe noch einen Kugelfisch da. Du merkst nicht, ob was davon im Essen ist. Bald bin ich eh weg.»

«Und ... was hast du dann vor?»

«Mich erreichst du demnächst nur über das Nottelefon. Meine technische Ausrüstung fürs Abhören und für die Fälschungen habe ich in Berlin deponiert. Ein Jahr Pause muss sein, sonst fliege ich auf. Ich besuche meinen Freund in Tokio.»

Der Boss setzte sich zu seinem Bruder an den Tisch.

«Ich werde herausfinden, wo du auf Kreta eine Waffe bekommst. Du tötest Marlene. Und falls unser Agent Fabian auch dort ist, den ebenfalls.»

Ben stand auf.

«Warte ... bis Kreta wohnst du in einem Hotel in Köln.»

«Ab wann?»

«Pack deine Sachen. Morgen will ich dich hier nicht mehr sehen.»

Der Boss gab ihm eine Girokarte und Kreditkarte.

«Auf dem Konto ist eine angemessene Abfindung für dich drauf. Ab jetzt musst du alleine klarkommen!»

*

Abends platzte Marlene in Kunis Zimmer rein. Sie hatte in der Firma mehr über die Weltreise ihres Ex-Chefs herausgefunden.

Mary lag bei ihm im Bett, eng an ihn gekuschelt.

«Bevor du fragst ... ja, wir besuchen uns manchmal nachts.» Kuni setzte sich auf. «Was ist los?»

«Georg ist jetzt in Neuseeland ... und dann in Australien.» Sie stutzte ... sah die Reisebuchung auf dem Schreibtisch. Ein Doppelzimmer zur Alleinnutzung. «Du bist auch in Matala?»

«Ich bin als inkognito Kommissar dort. Mary und ich waren noch nie zusammen in Urlaub. Ich freue mich. Genau wie ihr möchte ich endlich mal die Hippie

Höhlen in Matala sehen und das Beachfestival genießen.»

«Und wenn der Boss hinter dir und Rudi her ist, passt er auf euch auf», ergänzte Mary.

«Meinst du, dass der Schurke auch dort ist?», fragte Marlene.

«Ich glaube nicht, dass er euch bis Matala verfolgt. Er hat genug in Köln zu tun. Alle Spuren dort vernichten». Kuni lachte. «Mit mir als Kommissar vor Ort passiert schon nichts.»

«Fliegst du am Montag mit uns?»

«Nein, den Samstag vorher, zurück dann mit euch.»

«Mary, wo du schon mal hier bist ... fährst du morgen mit mir nach Olpe? Meine Bikinis gefallen mir nicht mehr. Bei der guten Verpflegung hier vermehren sich die Speckröllchen am Bauch. Ein Badeanzug steht mir bestimmt besser.»

Achtzehn

Freitag, 9. Mai, Halbhusten

Marlene holte eine Postkarte von Rudi aus dem Briefkasten. Diesmal war das Hafenbild von Brindisi zu sehen. In ihrem Zimmer öffnete sie das Notebook. Dank starkem W-Lan überall im Haus rief sie die aktuelle Favoritenseite *Road to Matala* auf. Dort verfolgte sie immer, wo er war. Sie telefonierten jeden Abend. Manchmal schwärmte Rudi von gemütlichen Pensionen oder vom leckeren Essen unterwegs.

Bobby setzte sich auf die Tastatur. Wenn Jule in der Schule war, wohnte der Wellensittich bei ihr. Sonst bei Jule, die mit ihm pfeifen und sprechen übte.

«Guck mal, Bobby. So weit ist er schon. Von Brindisi fährt er mit der Fähre rüber nach Patras. Oh, ein paar Tage macht er Pause in Athen. Anschließend mit dem Schiff von Piräus nach Heraklion, Kreta.»

Marlene sah auf die Uhr am Laptop. «Oh nein!», rief sie. «Mein Küchendienst ... der Möhreneintopf für morgen für den Sohn von Christel mit seiner Familie. Ab Bobby, in den Käfig.»

«Du hast wohl noch nie Kartoffeln geschält, oder?»
Anni reichte Marlene einen Sparschäler. «Damit bleibt
wenigstens was zum Kochen übrig.»

«Danke, dass du mir beim Eintopf hilfst.»

«Hast du überhaupt kochen gelernt?»

«Nein. Ich habe entweder in der Kantine oder in
einem Restaurant gegessen.»

«Sich selber verpflegen ist aber preisgünstiger und
gesünder. Wir essen keine Fertiggerichte. Wenn wir
sparsam gehaushaltet haben, gönnen wir uns Ende des
Monats immer ein Essen im Restaurant. Meistens beim
Chinesen oder in einer Pizzeria.»

Anni stellte eine Pfanne auf den Herd, goss etwas
Olivenöl hinein. «Ich brate jetzt das Hackfleisch mit den
Zwiebeln an. «

«Hast du Köchin gelernt?»

«Nein, ich habe immer gerne für meine große Familie
gekocht und bringe es jetzt den anderen hier bei. Dann
könnt ihr es wenigstens, wenn ich mal nicht mehr da
bin.»

«Willst du etwa weg von hier?», fragte Marlene.

Anni lächelte. «Ich bin hier zu Hause, mir geht es noch gut.» Sie reichte ihr die Möhren rüber. «Bitte schälen und klein schneiden.»

«Warum bist du in die Oldie-WG gekommen?»

«Ich kann nicht allein sein. Mein Kurt starb vor drei Jahren, alle Kinder wohnen mit ihren Familien über ganz Deutschland verteilt. Weil ich die meiste Zeit nur Hausfrau war, habe ich nur eine kleine Rente und die Lebensversicherung meines Mannes. Das alte Haus habe ich verkauft. Über das Geld freuten sich die Kinder. Von meinen 650 Euro kann ich jeden Monat 200 Euro sparen, davon die Kinder und Enkelkinder besuchen und kleine Geschenke mitbringen.»

«Das freut mich. Die Kartoffeln und die Möhren sind klein geschnitten. Was jetzt?»

«Ich brauche die beiden großen Kochtöpfe für so viele Leute. Da kommt das Hackfleisch rein. Den Rest schaffst du allein. Gib die Kartoffeln und die Möhren dazu. Aber vergiss nicht die Gemüsebrühe und die frischen Kräuter. Ab jetzt hast du immer freitags Kochdienst.»

Neunzehn

Samstag, 10. Mai und Sonntag, 11. Mai Muttertag, Halbhusten

«Mama, du siehst großartig aus. Das blühende Leben.» Klaus umarmte Christel, seine Frau Hannah gab ihr die Hand. Die Kinder Ben und Emma knuddelten die Oma.

Christel stutzte, nahm ihren Sohn an die Hand.

«Deine Stimme kenne ich vom Telefon.» Sie zog die Stirn kraus. «Mein Sohn Klaus ist da!», rief sie.

«Viele Grüße auch von Eva.»

«Und wer ist Eva?»

«Meine Schwester, deine Tochter, die in London wohnt. Sie besucht dich im August!»

Die WGler waren stiller als sonst beim gemeinsamen Mittagessen. Was hatte Klaus vor? War er im Moment nur so freundlich, weil er sie positiv vorbereiten wollte auf den Hausverkauf?

Es gab den Möhreneintopf mit selbst gebackenen Brötchen und Eis als Nachtisch. Der Besuch aus München bedankte sich für das köstliche Essen.

«Hier schmeckt es immer», sagte Christel. «Wann kommst du wieder?»

«Im August, wenn Eva hier ist.» Klaus lachte. «Gerne sogar.»

«Wer ist Eva?»

«Ich stell sie dir dann vor.»

Mary stand auf, räumte das Geschirr ab, ebenso Anni und Marlene.

«Was meint ihr? Dass er wiederkommen will, ist ein gutes Zeichen, oder? Verkauft er das Haus doch nicht?», flüsterte Mary.

«Hoffentlich», sagten die beiden anderen fast gleichzeitig.

Hugo und Kuni kochten Kaffee, holten die Kekse mit Schokoguss und Smarties, die Jule gestern Abend mit Anni noch gebacken hatte.

Beim Kaffeetrinken stand Klaus auf. «Dankeschön, dass ihr alle hier seid und euch um meine Mama kümmert.»

Seine Frau reichte ihm einen großen Umschlag, er zog eins der Blätter raus.

«Mutter, Eva und ich schenken euch das Haus. Das ist die Urkunde.» Er legte sie auf den Tisch.

Einen Moment war es ganz still. Alle sahen sich erstaunt an, dann sprangen sie auf, dankten Klaus, jubelten, umarmten Christel.

«Was ist hier los?», fragte sie.

«Du hast ein wunderbares Zuhause hier, für immer.» Klaus lächelte.

Er holte eine Kühltasche aus dem Auto. «Champagner. Lasst uns feiern. Wer öffnet die Flasche?»

«Kommt, ich zeig euch Bobby.» Jule rannte mit Eva und Ben in ihr Zimmer. «Dann nehmen wir Oma Christel mit auf den Spielplatz. Sie schaukelt so gern.»

Bevor Klaus gegen Abend mit seiner Familie nach Olpe ins Hotel fuhr, hatte er den Oldies die restlichen Unterlagen gegeben.

Mary sollte ihren Job behalten und alles verwalten. Die bisherige Miete war auf einem Sonderkonto, das der WG gehörte. Als Rücklage für Reparaturen oder Renovierung. Ab jetzt brauchten die Bewohner nur 150 Euro Miete auf das Reservekonto zahlen. Also insgesamt 350 Euro für Wohnen und Verpflegung. Von wegen Altersarmut! Die gab es für sie nicht. Alle hatten Geld übrig fürs Genießen.

Am Muttertag gab es ein ausgiebiges Freudenfest in Halbhusten. Die Neuigkeit hatte sich im Dorf herumgesprochen. Es wurde gegrillt, auch die Nachbarn kamen mit Salat vorbei, Bienenudo auch und Taki mit Sohn., der sogar seine Gitarre mithatte. Christels Sohn brachte Kuchen mit aus einem Café in Olpe.

Zwanzig

Dienstag, 13. Mai, Halbhusten und Köln

Die Nachbarn hatten am Muttertag versprochen, die Verpflegung für Christels Feier in der Scheune ab dem Nachmittag zu übernehmen. Jeder brachte einen Kuchen mit, sowie Grillfleisch und Salate für abends. Ihr Geburtstag sollte entsprechend gefeiert werden, auch die bleibende gute Nachbarschaft mit der Oldie-WG.

Für die offiziellen Glückwünsche um elf Uhr bereiteten Anni, Mary und Marlene Platten mit Fingerfood vor. Kuni und Hugo waren für die Getränke verantwortlich. Christel glaubte es immer noch nicht, dass sie jetzt 85 Jahre alt war. Sie freute sich riesig über das Geschenk der Oldies. Eine Tageskarte bei den Karl May Festspielen in Elspe mit Stuntshow, Greifvogelshow, Musikshow, leckerem Essen und dem Schauspiel *«Unter Geiern»*.

«Ich sehe nicht alles, aber hören kann ich noch. Sonst frage ich Hugo. Der erklärt so gut.»

Tina und ihre Tochter kamen erst nach der Arbeit und der Schule hinzu. Jule brachte drei Freundinnen und zwei Freunde mit. Sie lasen Christel mit verteilten Rollen das erste Kapitel aus *Harry Potter und der Stein der Weisen* vor.

Es gab viel Beifall von ihr und den anderen Gästen.

Mary hatte als Dankeschön einen Gutschein fürs Kino besorgt für die Kinder. Inklusive Popcorn und Getränke.

Abends tanzten alle draußen vor der Scheune zur Musik, die Bienenudo auflegte. «Hast du keinen Walzer für uns?», fragten Christel und Hugo.

Marlene zog sich kurz in die Raucherecke zurück. Sie rief Rudi an. Er war bereits auf der Fähre von Piräus nach Heraklion. «Ein wundervolles Zuhause habe ich hier, das uns jetzt allen gehört. Ich liebe meine Freunde, ganz besonders dich. Hörst du die Musik? Ich würde gern mit dir tanzen.» Sie hauchte einen Kuss ins Handy.

*

Der Boss besuchte Ben im Hotel.

«Klar weiß ich, wo du bist! Ich überwache dein Handy.

Mach das nie aus, bis du in Hamburg bist.»

«Hör auf damit!»

«Erst, wenn du alles in Matala erledigt hast. Dann kannst du dein Handy wegwerfen.»

«Ich schmuggle keine Waffe in den Flieger.»

«Kein Problem. Du hast eine Nachricht im Postfach ... der Kontaktmann wohnt in Mires. Er gibt dir eine kleine Pistole.»

«Willst du, dass die Polizei mich festnimmt?»

«Ach was. In der Menschenmenge beim Festival fällt es nicht auf, wenn ein oder zwei Leute umkippen. Wenn du dir am Flughafen ein Motorrad mietest, kannst du schnell und unerkannt wegfahren. Du rufst an, dass alles geklappt hat. Aus, Ende, Schluss mit uns.»

«Bist du dann noch in Deutschland?»

«Ja, ich fliege erst Ende Juni nach Tokio. Danach ziehe ich vielleicht nach Berlin.»

«Und wenn die Polizei dich sucht?»

«Werden sie nicht, auch du wirst mich nicht finden. Die letzten Kontaktpersonen der Kunden waren immer meine Agenten. Die kann ich anonym melden. Irreleitung der Polizei ... bis die herausfinden, dass Tote nicht morden können, bin ich längst über alle Berge.»

«Willst du weiter Menschen vergiften?»

«Ja, aber allein.»

«Dann bin ich dich Sklaventreiber endlich los!»

«Und ich dich, du Nörgler.»

«Ich mach, was ich will. Sogar was Gutes ... alten kranken Menschen helfen, Leute von der Straße holen, wenn sie kein Geld haben, dem Staat Sozialleistungen und Renten sparen.»

Zwei Stunden später brannte der Boss die Villa ab. Erst als das Feuer auch die Bäume erreichte, rief er anonym die Feuerwehr an. Der Wald rund um die Villa sollte nicht verbrennen.

Er stieg in den Bentley, der Kater lag auf dem Beifahrersitz.

«Tja, Dicker. Das `war's mit uns. Ich hoffe, du magst dein neues Zuhause.»

Vor einem Tierheim parkte er den Wagen, nahm Diabolus auf den Arm.

Eine Frau kam mit einer Box auf ihn zu.

«Sie haben vorhin angerufen?»

«Ja, es ist ein Notfall. Ich muss dringend beruflich nach Tokio.»

Er setzte den Kater in die Box, gab der Frau einen dicken Umschlag, eilte zum Bentley.

«Danke für die Spende!», rief die Frau ihm nach.

Einundzwanzig

Mittwoch, 14. Mai, Kreta, Gummersbach, Olpe

Rudi saß im Restaurant der Fähre am Tisch, studierte eine Landkarte von Kreta, die er in Athen gekauft hatte.

«Kann ich dir helfen?», fragte ein Mann, etwa Mitte 40, dunkle Locken, groß, schlank. Er stellte das Plastiktablett auf den Tisch, setzte sich. «Ich liebe Stifado mit Feta. Soll ich dir auch so einen leckeren griechischen Eintopf holen?»

«Gern», sagte Rudi. Er gab ihm einen zehn Euro Schein. «Reicht das?»

«Lass stecken. Mein Vetter ist Koch hier. Eine kleine Portion zum Probieren geht aufs Haus.»

Kurze Zeit später kam er mit einem großen Suppenteller, ein paar Scheiben Olivenbrot und einer Flasche Mythos Bier zurück.

«Kali Orexi. Jamas. Oh, ich meinte guten Appetit und Prost.»

«Danke. Bist du Grieche?», fragte Rudi.

.«Jein.» Er grinste. «Ich bin Kreter.»

«Wo lebst du auf Kreta?»

«Zur Zeit lebe ich in Athen. Ich besuche meine Eltern. Sie leben in einem kleinen Dorf im Ida Gebirge, in der Nähe von Zaros. Genau wie ich haben sie einige Jahre in Deutschland gearbeitet. Sie sind seit kurzem zurück und kümmern sich jetzt selbst um die Olivenbäume, die Schafe und die Ziegen. Mein Opa schafft das nicht mehr allein. Ich soll ihnen bei den Reparaturen am alten Haus helfen. Vielleicht bleibe ich hier. Mal sehen. Meine Software Firma in Athen läuft nicht mehr so wie früher. Das Auto habe ich schon verkauft.»

«Trinkst du noch ein Bier? Ich bin der Rudi.»

«Danke, im Moment nicht. Ich heiße Janis.»

«Was ist die beste Strecke nach Matala?» Rudi zeigte auf die Landkarte.

«Musst du sofort dorthin?»

«Nein. Ich treffe Freunde beim Matala Beach Festival.»

«Nimmst du mich ein Stück mit auf der Straße nach Süden?»

«Ich fahre Motorrad, habe keinen zweiten Helm dabei.»

«Macht nichts. Hier ist alles möglich.» Janis lachte. Du kannst auch ein paar Tage mit mir ins Bergdorf kommen. Freie Kost und Logis. Helfer sind willkommen.»

Rudi sagte spontan zu.

Ab dem Hafen in Heraklion genossen beide die Fahrt. Rudi gefielen besonders die vielen Olivenbäume in der hügeligen Landschaft, die kleinen Orte auf der Strecke, die Kaffeepause in Zaros und danach die kurvigen Straßen hinauf in das Bergdorf im Ida Gebirge.

*

Nachmittags fuhr Kommissar Sauerland mit dem Motorrad bei Karla vorbei.

«Ist was mit deiner Maschine?»

«Alles okay. Es gibt erste Ermittlungsergebnisse. Wir haben im Apartment deines Vaters keine Gitarre gefunden.»

«Oh, schade. Ich rufe Papa gleich an.»

«Wie geht's deinem Vater?»

«Er ist schon auf Kreta. Heute Mittag ist er mit der Fähre in Heraklion angekommen. Wegen der Gitarre wird er traurig sein.»

«Wir haben laut Skizze von ihm ein vom Brand zerstörtes Haus am Rande des Parks vorgefunden. Es könnte der Tatort, das *Tzukis*, gewesen sein. Der Typ vernichtet sämtliche Spuren. Der Tod der Unternehmerfrau aus Olpe wird dort weiter untersucht. In Kooperation mit uns.»

«Okay. Im Juni ist hier eine Woche geschlossen.»

«Wie, du bist weg?»

«Ich brauche endlich mal Urlaub.»

«Stimmt.»

«Gestern habe ich Kreta gebucht, rechtzeitig zum Matala Beach Festival. Ich freue mich auf Papa und die Oldies.»

«Klasse. Das hast du dir verdient.»

«Bevor ich es vergesse ... wir haben eine Einladung nach Halbhusten und zum Stadtfest in Olpe am 17. Mai. Kommst du mit? Die Oldie-WG besuchen?

*

Die beiden Freundinnen saßen in der Eisdiele am Marktplatz in Olpe.

«Herrlich, wie du strahlst. Eine natürliche Marlene. Ohne Farbe im Haar, ohne rote Fingernägel, ohne Make-up. Nur noch Lippenstift. Ein leicht gebräunter Teint, weil du viel draußen bist. Das Landleben bekommt dir. Und die Vorfreude auf Rudi. Stimmt's?»

Mary löffelte genussvoll ihr Tiramisu Eis mit Schokoladensoße.

«Sag mal, hast du was mit Kuni?» Marlene pickte die Erdbeeren aus ihrem Eisbecher.

«Gelegentlich ja. Es ist aber keine Beziehungskiste. So mit Deckel drauf. Wir sind Freunde mit Wertschätzung mit Wunsch nach Nähe und Streicheleinheiten, ab und zu.

«Das erinnert mich an unsere wilde Jugendzeit.»

«Oh ja.» Mary lachte. «Du hättest mit mir studieren sollen. Da war noch mehr los.»

«Tja, mein Vater war zu früh gestorben. Wir hatten wenig Geld. Deswegen absolvierte ich die Ausbildung als Bürokauffrau. Du hattest Glück. Deine Eltern haben dein Studium finanziert.»

«Ja, aber nur ein Jahr. Dann musste ich in WGs wohnen, jobben. Meinen Eltern passte es nicht, dass ich als Hippie auf der Straße gegen den Vietnamkrieg protestierte. Sie meinten, Revoluzzer müssten alleine klarkommen.»

«Warum hattest du dann als Beamtin auf Lebenszeit deinen Lehrerjob gekündigt?»

«Tja, ich wollte lieber mit so einem Supertypen in der Welt herum trampen. Der war aber keiner, sondern ein Macho.»

«Und ich verknallte mich in den Juniorchef. Auf die Verflossenen!» Beide lachten.

*

Rudi staunte, als sie im Bergdorf ankamen. Sie hielten am Dorfplatz an, setzen sich auf eine der Holzbänke, die rund um den Dorfbrunnen standen. In den Blumenkübeln leuchten die Blüten der Blumen in vielen Farben. Sie verströmten herrliche Düfte. Bäume spendeten Schatten.

«Hier trifft sich gegen Abend Jung und Alt. Es wird erzählt, gelacht, gesungen und getanzt», sagte Janis.

Sie fuhren am Ende des Dorfes, da wo die großen Flächen mit den Olivenbäumen anfingen, einen schmalen Schotterweg hoch zu seinen Eltern. Gleich nebenan wohnten die Großeltern. Es waren Steinhäuser, weiß getüncht, zweistöckig mit blauen Fenstern. Im unteren Teil der Häuser befanden sich Vorratsraum, Küche mit Essplatz und das Wohnzimmer. Oben waren die Schlafräume.

Im großen Garten mit der wilden Blumenwiese, den Kräutern und dem Gemüse war bereits der Tisch gedeckt fürs Abendessen.

«Die Blumen sind für Bienen», sagte Janis. Morgen früh zeige ich dir die Kästen. Sie stehen weiter oben, da wo die Schafe und Ziegen weiden., am Rande des Olivenhains.

Rudi wurde genau so freundlich begrüßt wie Janis.

Später saßen sie noch lange draußen, erzählten von sich und ihrem Leben. Auch von Wünschen und Träumen.

Zweiundzwanzig

Samstag, 17. Mai, Halbhusten und Olpe

Karla und Antoine parkten ihre Motorräder auf dem Hof, nahmen die Helme ab.

Jule flitzte auf die Besucher zu. «Wow! Habt ihr tolle Maschinen. Wenn ich groß bin, will ich unbedingt Motorrad fahren. Ich sag Bescheid, dass ihr da seid.» Sie rannte ins Haus.

Als Erster begrüßte Kuni die beiden.

«Bringt eure Schlafsäcke ins provisorische Gästezimmer in der Scheune. Matratzen sind schon da.»

Dann kam Marlene hinzu, umarmte Rudis Tochter.

«Papa schwärmt von dir, wenn er mich anruft. Das freut mich», sagte Karla. «Das ist Antoine. Kommissar Sauerland aus Köln.»

Er gab Marlene die Hand. «Du bist also Rudis neue Liebe.»

Sie wurde rot, fast dunkelrot, schaute verlegen zur Seite.

«Kaffee ist fertig. Kuchen ist auch da. Lasst uns draußen sitzen bei dem schönen Wetter.»

Nach dem Kaffeetrinken zeigten Marlene und Mary den Besuchern das Haus, beantworteten viele Fragen zur Oldie-WG.

«Kann Papa nach Kreta wirklich hier wohnen?», fragte Karla in Marlenes Zimmer.

«Klar, wenn er möchte», sagte sie.

«Kuni meldet ihn hier an für den neuen Ausweis», ergänzte. Mary.

«Ich glaube, er wird sich wohlfühlen bei euch. Das gönne ich ihm von ganzem Herzen.»

«Erstaunlich, wie fit Christel und Hugo für ihr Alter noch sind. Sie wirken so fröhlich und ausgeglichen», meinte Antoine.

«Und erst die Seele von Anni, die so genussvoll für euer leibliches Wohl sorgt. Herrlich. Wer ist denn der kleine Wirbelsturm von vorhin?», fragte Karla.

«Das ist meine Tochter Jule. Wir sind die Jüngsten hier», sagte Tina, die gerade ins Zimmer gekommen war.

«Wann fahrt ihr los zum Stadtfest?», fragte sie.

«Kommst du auch mit?», wollte Antoine wissen.

«Tja, aber nur, wenn ihr nichts dagegen habt, wenn ich Jule mitnehme. Sie weiß, dass Takis Sohn an der Mythostheke mithilft. Seit Stunden quengelt sie schon ... sie will auch helfen.»

«Ja, unbedingt:» Jule war plötzlich ebenfalls im Zimmer.

«Kein Problem», sagte Mary. «Wenn sie müde wird, spendiere ich euch ein Taxi nach Hause. Wir bleiben bestimmt länger.»

«Ich werde nicht müde. Außerdem ist morgen Sonntag, da kann ich lange schlafen. Bitte!» Jule schüttelte Tinas Hand. Dann rannte sie los, kam mit dem Wellensittich im Käfig zurück. «Bobby bleibt besser heute Abend bei dir im Zimmer, Marlene. Oma Christel wollte ihn unbedingt haben. Aber sie vergisst wahrscheinlich, ihm das Tuch über den Käfig zu legen. Sonst schläft er ja nicht.»

Antoine lachte. «Du denkst an alles, Jule.»

Tina sah ihn erstaunt an.

«Okay, ich fahre mit dem Bulli um sechs los. Mit euch allen», sagte Mary. «Und wer fährt zurück?»

Zuerst schlenderten sie über den Marktplatz, bestaunten die vielen Buden, aßen Thüringer Rostbratwurst und ein Eis als Nachtisch. Dann gingen sie zum Imberg Parkplatz, wo die Mythosbühne stand.

Jule entdeckte Takis Sohn im Getränkewagen. Ja, sie durfte helfen, strahlte in die Runde.

Kuni zog eine Streichholzschachtel aus der Jeanstasche, nahm sechs Hölzer heraus, knickte ein Streichholz durch. «Wer das kürzere zieht, fährt.»

«Endlich mal Bulli fahren.» Antoine freute sich. Er gab eine Runde Bier, Radler und Wasser aus.

Sie setzten sich auf eine der Holzbänke, die bei den Tischen in der Nähe der Bühne standen, wippten mit den Füßen im Takt der Musik der Band *The Gap*.

Ihr Pub-Rock und Rhythm & Blues ließen Tina und Carla aufstehen. Sie tanzten vor der Bühne.

«Tanzt dein Freund nicht?»

«Vielleicht traut er sich noch nicht.» Karla schüttelte den Kopf. «Er ist mein Motorradkumpel. Mehr nicht.»

Später als die Rockband *Immecke Allstars* auftrat, wagte sich Antoine auch vor die Bühne, bewegte sich ebenso leidenschaftlich wie Tina.

«Ich brauche ein Wasser», rief sie. Für dich auch?»

«Warte, ich komme mit. Bin ja gespannt, wie Jule den Trubel schafft.» Er legte seinen Arm um Tinas Schulter.

«Guckt mal, ich glaube die beiden flirten», sagte Karla.

«Würde ich auch tun, wenn Rudi hier wäre», meinte Marlene.

«Hat er dir auch Fotos von der Fähre, dem griechischen Eintopf und dem Bergdorf geschickt?»

«Ja, ich freue mich, dass es ihm gut geht.»

Sie lachten, als sie sahen, dass Mary und Kuni zur Bühne gingen und tanzten.

Jule war noch putzmunter im Getränkewagen. Sie spülte Gläser oder gab 50 Cent zurück, wenn jemand ein Glas oder eine Flasche zurückgab. Michalis war sauer, als seine Mutter ihn um halb elf abholte. «Ich kann doch bei Papa schlafen.» «Kein Problem», sagte Taki.

Karla und Antoine setzten sich auf eine Bank, tranken Wasser. «Was ist mit Jules Papa?» «Kurz nach ihrer Geburt ist er abgehauen. Der wollte kein Kind, sondern Partys. Er zahlt etwas Unterhalt für sie, hat aber keinen Kontakt zu ihr. Sie fragt öfters nach ihm. Aber ich weiß nicht, wo er im Moment lebt.»

«Schade», meinte Antoine. Er nahm Karla in den Arm. «Ist bestimmt nicht leicht für dich.»

«Allein mit Jule wäre es schwierig. Wir sind beide froh, dass wir die Oldies haben und das schöne Zuhause.»

«Komm, lass uns tanzen.» Sie zog ihn von der Bank hoch.

Dreiundzwanzig

Mitte Mai bis Anfang Juni, Halbhusten, Köln, Olpe und Kreta

Janis und Rudi kamen schnell voran mit der Renovierung der beiden Häuser. Die Eltern und Großeltern freuten sich über die frisch gestrichenen Wände, die reparierten Fenster und Türen. Besonders toll fanden sie, dass Rudi ihnen neue Regale gebaut hatte für die Vorratsräume.

«Wir brauchen Farbe für die Holzbänke im Garten. Die bekommen wir in Zaros. Aber vorher zeige ich dir dein Zimmer in Matala. Wir sind ja fast fertig hier. Dort kannst du wohnen, so lange du möchtest.»

«Ein Hotelzimmer?», fragte Rudi.

«Nein, ein Zimmer bei meinem Onkel Nikos. Es kostet nichts, wenn du ihm bei seinem kleinen Weinberg und bei Herstellung und Verkauf von Raki hilfst.»

«Ehrlich? Das wäre super.»

«Komm, wir nehmen Papas alten Toyota Pick-up. Wegen der Farbe.»

Leider war Nikos selbst nicht da. Seine Frau erzählte, dass er mit dem Bus nach Mires zum Einkaufen gefahren war. Sie begrüßte herzlich Janis, zeigte Rudi das Zimmer mit extra Eingang im kleinen weißen Haus mit Flachdach, den blauen Fensterläden und Türen. Es war einfach eingerichtet. Ein Tisch, zwei Stühle, eine Kommode, ein Bett.

«Duschen kannst du am Strand», meinte Janis.

Nikos Frau bot ihnen einen Kaffee an, holte einen Teller Kirschen aus der Küche und eine Plastikflasche vom sehr wackeligen Regal aus Orangenkisten, die am Weg zum Haus standen.

Sie setzten sich an den Tisch vor der Tür. Janis schüttete den Raki in kleine Gläser, fügte noch eine Kirsche dazu.

«Jamas! Den hat Nikos selber gebrannt», sagte er. «Wie ich Rudi kenne, baut er euch ein stabiles Regal für die Rakiflaschen, die ihr im Sommer an die Touristen verkauft.»

Die Frau seines Onkels freute sich. «Nikos hatte das schon letztes Jahr vor.»

«Rudi kommt in zwei oder drei Tagen zu euch», sagte Janis. «Ich bringe dann unser restliches Holz mit.»

In Zaros kaufte Janis Farbe, stellte die Dosen auf die Ladefläche des Autos. Rudi wollte einsteigen.

«Wir fahren gleich. Ich zeige dir was ganz Tolles. Komm mit.»

Zwei Straßen weiter, in der Hauptstraße, blieb Janis vor einem kleinen Schaufenster stehen.

«Wow! Ist das eine Bouzouki?», fragte Rudi.

«Klar, und wir besuchen jetzt den berühmten kretischen Instrumentenbauer in seiner Werkstatt.» Janis klopfte an die Tür.

Es dauerte eine Weile, bis ein älterer Mann, so um die siebzig, sie öffnete. «Guten Tag», sagte er, umarmte Janis. «Schön, dass ihr da seid. Ist das Rudi?» Er gab ihm die Hand.

«Ja, und das ist Antonis Stefanakis. Ein Freund meiner Familie.»

«Sie sprechen gut Deutsch.»

«Ich habe ebenfalls in Deutschland gearbeitet, genau wie Janis und seine Eltern. Dann habe ich aber gelernt, Musikinstrumente zu bauen, vor allem kretische. Seitdem lebe ich hier in Zaros.»

«Darf ich mal die Bouzouki spielen?»

«Gern.» Antonis nahm eine, die an der Wand hing, gab sie ihm.

Rudi summte eine Melodie, probierte einige Akkorde zu spielen. «Was für ein Klang.»

Antonis nahm ein kleines dreiseitiges birnenförmiges Instrument, ergänzte Rudis Musik, variierte sie. «Das ist eine Lyra.»

Janis klatschte Beifall. «Guck mal, dahinten hängen drei akustische Gitarren. Möchtest du die auch mal spielen?»

Antonis reichte Rudi eine. «Die mag ich besonders.»

Vorsichtig nahm Rudi sie in die Hand, zupft eine Saite nach der anderen. «Ein Traum ist das», murmelte er.

Antonis und Janis sahen sich an, beide mit Daumen hoch.

«Sie gehört jetzt dir, sagte Janis.»

«Ich weiß nicht, ob mein Geld reicht.»

«Die Gitarre ist ein Geschenk von meinen Eltern und Großeltern für deine Hilfe. Sie freuen sich, wenn du heute Abend für sie spielst.»

«Dankeschön.» Rudi wischte eine Träne weg.

«Du und keine Gitarre, das passt gar nicht. Moment ...» Antonis holte etwas Schwarzes aus einer großen Kiste heraus. «Die wasserdichte Rucksackgitarrentasche gehört dazu. So kannst du sie auf dem Motorrad mitnehmen.»

Nach dem Abendessen im Bergdorf bedankte Rudi sich für die Gastfreundschaft und die Gitarre mit mehreren Liedern. Es gab tosenden Beifall.

Petros, ein Freund der Familie, war ebenfalls da. Ganz in schwarz gekleidet. «Janis hat mir von deinem Boss und der Flucht erzählt. Verfolgt er dich?»

«Es ist möglich, dass er mich und meine Freundin beim Matala Beach Festival finden will. Zum Glück kommen noch meine Freunde von der Oldie-WG. Einer ist Ex-Kommissar. Der passt auf uns auf.»

«Wir als moderne Piraten können das auch! Wenn deine Leute da sind, treffen wir uns in Matala Okay?»

Petros und Rudi tauschten die Handy Nummern aus.

*

Beim gemeinsamen Abendessen in der WG sprachen Mary, Marlene und Kuni über ihre Reise nach Matala.

«Ich nehme nur ein paar Sommerklamotten mit», sagte Kuni. «Die passen in den kleinen Rucksack. Der geht als Handgepäck durch. Wer kann mein Duschzeug und die Sonnenmilch mitnehmen?»

«Kein Problem», meinte Marlene. «Wir haben ja 15 kg Freigepäck.»

«Passen da noch Bücher rein?»

«Wir hören doch jede Menge Musik. Hast du dann überhaupt Zeit zum Lesen?», fragte Mary.

«Ja, morgens am Strand.»

«Ein oder zwei nehme ich für dich mit. Und meinen Reader.»

«Wo fährst du hin?», fragte Christel.

«Ich fliege nach Kreta mit Marlene und Kuni.»

«Du sollst nicht weg», protestierte sie. «Du bist doch mein Kopf.»

«Du hast sogar die eine Woche einen doppelten Kopf.» Mary streichelte Christels Hand.

«Anni und Tina, die weniger Termine in dieser Zeit hat, vertreten mich.»

«Ich lese dir dann aus der Zeitung vor», sagte Jule. «Oder wir beide bringen Bobby das Sprechen bei.»

«Und ich koche dir dein Lieblingsessen», versprach Anni.

Hugo räusperte sich. «Ich gehe morgens und nachmittags mit dir spazieren.»

*

Schon am nächsten Tag fuhr Rudi nach Matala. Nikos hatte angerufen, dass er seine Hilfe früher brauchte, alles fürs Festival vorzubereiten. Deswegen sollte auch Janis abends kommen mit dem Holz, ein paar Gläsern Honig, Luftmatratze und Schlafsack. Bei den vielen Besuchern könnte er viel Raki verkaufen. Mit oder ohne Honig.

Spät am Abend rief Rudi Marlene an. Er erzählte ihr, dass es in Matala überall W-Lan gibt. Er hätte schon WhatsApp. Das wäre besser für Nachrichten oder Bilder schicken. Auch für seine Tochter, Mary und Kuni.

Marlene war schnell. Sie schickte ihm ein Bild von ihr und Bobby.

«Wow, eine neue Frisur. Wie Joan Baez siehst du aus.» Rudi sendete ihr eins von seiner Unterkunft. «Ist das Häuschen schnuckelig», schrieb sie zurück.

Vierundzwanzig

Pfingstsonntag, 8. Juni, Immecke

Die gesamte Oldie-WG fuhr mittags mit dem Bulli zum Immecke Open Air Festival auf dem Gelände eines alten Sägewerks in der Nähe von Plettenberg. Anni, Hugo und Christel wollten mit, weil es dort so leckeren Kaffee und Kuchen gab. Und Currywurst mit Pommes.

«Wir haben genug Geld in der Haushaltskasse», meinte Anni. Wegen der lauten Musik der Bands hatten sie Ohrstöpsel mit.

Antoine und Karla kamen mit den Motorrädern dorthin. Tina freute sich, den Kommissar aus Köln wiederzusehen.

Sie waren überrascht über die familiäre Atmosphäre des Kulturfestes mit dem abwechslungsreichen Programm. Außer lokalen Rockbands traten auch deutschland- und europaweit bekannte Künstler auf dem Festival auf. Alle genossen die live Musik. Natürlich traten auch die Immecke Allstars auf.

Jule fand es toll, dass Bienenudo und Taki mit seinem Sohn da waren. Michalis traute sich sogar, mit der

Gitarre vor ein Mikrophon auf der kleinen Nebenbühne. Er sang ein griechisches Lied.

Karla sprach mit Marlene, Mary und Kuni über den Urlaub in Matala. Sie käme aber erst am Donnerstag an, kurz vor dem Festival. Sie hatte noch ein Zimmer im *Zafiria* bekommen. Mittendrin im Trubel. «Da sind wir auch!» Große Freude.

Gegen Abend fuhr Antoine mit Tina nach Gummersbach, zu sich nach Hause. Er hatte sogar einen zweiten Helm mit. Zum Glück trug sie kein Kleid, sondern Jeans und Lederjacke.

«Die beiden haben sich bestimmt verabredet, oder?», sagte Marlene.

Kein Problem für die WGler. Sie nahmen Jule im Bulli mit zurück nach Halbhusten.

«Den Freund von der Mami find ich gut. Morgen bringt er sie zurück und ich darf ne Runde Motorrad mit ihm fahren. Super was?», sagte sie.

Fünfundzwanzig

Samstag, 7. Juni, Matala und Halbhusten

Ex-Kommissar Kunibert Wurzel hatte einen roten Suzuki Jeep Cabrio am Flughafen in Heraklion gemietet. Er öffnete das Faltdach, schickte Rudi ein Foto und schrieb ihm, dass er gegen 17:00 Uhr im Hotel ankäme. Er sollte aber vorher bei Nikos vorbeikommen. «Das ist am Ortseingang von Matala, auf der rechten Seite. Da steht ein Schild an der Straße: *Wir verkaufen hausgemachten Raki ohne chemische Zusätze. Nikos.* Es gibt für dich ein Begrüßungsgetränk.» Kuni las die Nachricht und schmunzelte.

Es gab aber nicht nur einen Raki dort, sondern auch einen leckeren griechischen Salat mit Olivenbrot. Nikos zeigte stolz das Regal, das Rudi gebaut hatte. ««Pass gut auf ihn auf.»

Im Hotel regelte Kuni zusammen mit Rudi die Zimmerverteilung, auch für Marlene und Mary.

«Super, dann hat Janis mein Zimmer bei Nikos übers Festival.», sagte Rudi.

«Manchmal muss man nachhelfen», meinte Kuni. «Ich habe Hunger. Wo können wir Fisch essen? Du bist eingeladen.»

«Überall. In jeder Taverne schmeckt es hervorragend. Lass uns zu *Giannis Family* gehen, da kocht die Mutter. Die haben lecker gegrillten Schwertfisch mit Bratkartoffeln und Krautsalat.»

«Bevor ich es vergesse. Du lebst wieder. Kommissar Sauerland und ich haben die Behörden überzeugt.» Er reichte ihm den neuen Personalausweis und einen Dokumentenstift für seine Unterschrift. «Ich musste schwören, dass du persönlich unterschreibst. Da ich nicht weiß, wie lange du auf Kreta bleibst, wohnst du offiziell bei uns in der WG. Dein Rentenantrag ist auch schon in Arbeit. »

«Tausend Dank. Wenn ich euch nicht hätte.»

«Die Kreter sind wirklich sehr gastfreundlich», sagte Kuni nach dem Fischessen. «Zum Nachtisch Raki und der Obstteller aufs Haus.»

«Kommst du mit auf ein Bier schräg gegenüber?», fragte Rudi. «Ein *Mermaid Café* gab es schon damals, als ich in Matala war.»

Sie setzten sich dort auch draußen an einen Tisch, bestellten zwei Mythos Bier und bekamen eine Schale Nüsse dazu. «Jamas», sagte Kuni. «Etwas Griechisch kann ich schon.»

Drei Männer mit Gitarren kamen hinzu, offensichtlich Engländer. Sie spielten Oldies, die Gäste sangen mit.

Es blieb nicht bei den zwei Gläsern Bier.

«Morgen nehme ich meine Gitarre mit hierhin», sagte Rudi. «Während des Festivals lass ich sie lieber im Zimmer.»

«Gute Idee. Auf dem Bild, das du geschickt hattest, sieht sie wertvoll aus.»

«Warte ab, wie sie klingt.»

«Komm, wir schicken Karla und Marlene ein Selfie von uns.» Rudi holte sein Handy aus der Jeanstasche.

Kuni ebenfalls. «Für Mary.»

«Jamas! Auf unsere Freundinnen.»

*

Tina brachte eine Schüssel mit warmen Wasser, zwei Waschlappen, Handtücher und eine Tube Körperlotion in Marlenes Zimmer. Die beiden Freundinnen saßen auf dem Bett.

«Sugaring tut wirklich nicht weh?», fragte Mary.

«Überhaupt nicht», sagte Tina. «Deine Beine sind genau so lange haarlos wie nach dem Epilieren oder nach dem Entfernen der Härchen mit Wachs.»

«Fängst du mit Marlene an? Sie hat weniger Haare, vor allem hellere.»

«Okay. Ich hol dann mal die Zuckerpaste.»

«Jedes Jahr diese blöde Prozedur», meinte Mary. «Die Männer brauchen das nicht. Niemand guckt blöd, wenn sie am Strand in Badehose oder Shorts mit behaarten Beinen herumlaufen.»

«Wir tragen nun mal gern im Sommer einen Rock oder ein Kleid. Sonst machen wir das ja nicht. Stört es Kuni dann?»

«Nein, überhaupt nicht.»

«Klar, wir tun es eben auch für uns.»

Tina kam zurück ins Zimmer mit einer karamellartigen weichen Kugel in der Hand. Sie nahm ein Stück davon ab, knetete es kurz durch.

«Ich streiche die Masse gegen die Wuchsrichtung auf, drücke sie fest, ziehe sie dann ruckartig ab, diesmal in Haarwuchsrichtung. Na, hat es weh getan?»

«Überhaupt nicht», sagte Marlene.

Tina knetete die Masse erneut durch, machte weiter.

«Wasch dir die Reste mit Wasser ab und reibe die Beine mit der Lotion ein. So, und jetzt du, Mary.»

Danach setzten sie sich in die Raucherecke mit einem Glas Rotwein. Weil es schon dunkel war, zündete Mary die Kerzen in den vier Gläsern an. Die Windlichter zauberten ein wohltuendes Licht.

«Ist Antoine jetzt dein Freund, Tina?», fragte Marlene.

«Ja, da bahnt sich was an. Ich mag ihn, er ist so liebevoll und fürsorglich, interessiert sich wirklich für mich und Jule.»

«Es müssen ja nicht alle Männer so sein wie die Ex.»

«Genau», ergänzte Mary. «Manche kommen halt klar mit uns Powerfrauen.»

«Ich gewöhne mich langsam wieder an Nähe, mir gefällt es, dass es so schön kribbelt.» Tina trank einen Schluck Wein. «Wie ist das bei euch?»

«Für mich sind für den Altersluxus Freiheit, Spaß, und Abenteuer wichtig. Mal raus aus dem Alltagstrott. Super, wenn Begegnungen mit einem Freund möglich sind, gelegentlich angenehme körperliche Nähe. Wie ist es bei dir, Mary?», fragte Marlene.

«Auf jeden Fall ist Freundschaft mit Wertschätzung, Vertrauen und ab und zu genussvolles Kuscheln besser als eine lustlose enge Beziehungskiste.»

«Also Enttäuschungen mit Neuanfang besiegen. Ein Reset sozusagen», sagte Tina.

Sechsundzwanzig

Sonntag, 8. Juni, Matala und Halbhusten

Rudi, Janis und Kuni hatten sich auf der Straße vor dem Hotel ein Quadrat reserviert zum Ausmalen. Nikos schenkte ihnen Pinsel, die Farben wurden bereitgestellt. Der Sonntag vor dem Festival war der Matala Street Painting Tag. Die Straßen im Ort sollten zu einer riesigen Leinwand werden. Künstler, Amateure, jung und alt nahmen teil, damit alles zum Beach Festival lebendig und farbenfroh aussah.

«Wer leiht mir Sonnenmilch?», fragte Kuni nach dem Frühstück. «Meine kommt erst morgen früh.» Er trug Shorts, T-Shirt, Sandalen und einen Strohhut, den er gestern schon gekauft hatte.

«Hier, nimm dieses Spray. Es klebt nicht», sagte Janis.

Die drei Männer diskutierten, wer wo anfing. Dann holten sie ihre Farben.

Nach einer Stunde brachte ihnen der Chef des Hotels einen Sonnenschirm und drei Flaschen Wasser. «Wenn ihr fertig seid, gebe ich Bier aus», sagte er.

Sie malten fix, das Bild war gegen Mittag vollendet. Janis holte an der Hotelbar drei Bier. Rudi packte die Pinsel in eine Plastiktüte und brachte die Farbe zurück. Kuni fotografierte das Kunstwerk. Er schickte es an Mary Marlene und Karla. Mittlerweile hatten sie die *Matalatraum* Gruppe bei WhatsApp erstellt. «Jamas», sagte Rudi «Ich bin gespannt, wer errät, welches Motiv von wem gemalt wurde.»

Die Frauen schrieben schnell zurück. Rudi die Gitarre, Kuni das Motorrad, Janis das Meer und den Strand. Aber wer hatte den Regenbogen und die Herzchen gemalt? Die drei Männer gemeinsam! Sie gingen an den Strand, schwammen im Meer, aßen im *Smile Café* einen griechischen Joghurt mit Früchten Nüssen und Honig. Und tranken danach Kaffee. Mit Meerblick.

*

Beim Kaffeetrinken in Halbhusten waren auch Taki und Bienenudo anwesend. Sie überlegten, ob sie wohl kurzfristig noch einen Flug nach Kreta erwischten.

«Ich miete dann ein Auto, in dem wir schlafen können», sagte Udo. «Freie Zimmer gibt es während des Festivals bestimmt nicht mehr.»

«Da bin ich gespannt, ob ihr dort auftaucht.» Mary stand auf. «Komm, Marlene. Wir müssen packen.»

«Wann fahrt ihr nach Köln zum Flughafen?», fragte Taki.

«Am späten Abend. Wir fliegen nachts. Zum Frühstück sind wir in Matala.»

*

Kuni und Rudi hatten sich nachmittags ausgeruht, weil sie abends einen ehemaligen Polizisten in der Taverne *Lions* am Strand treffen wollten. Nikos hatte das organisiert. Janis war mit Freunden aus Zaros im *Hakuna Matata*.

Der Chef des *Lions* bediente sie persönlich. Er empfahl den kretischen Vorspechenteller und danach gegrillte Fleischspezialitäten.

«Tja. Die Polizei hier im Süden von Kreta kann euch nicht helfen, wenn der Schurke auftaucht», sagte der Polizist.

«Was weißt du über die Piraten?», fragte Kuni.

«Sie sind ein großer Familienclan, leben in den Bergen. Freunde, Helfer und Beschützer, wenn man sie in Ruhe lässt mit ihren dubiosen Geschäften.»

«Etwa mit Drogen oder Waffen? Die Großeltern von Janis haben das angedeutet», sagte Rudi.

«Niemand weiß Näheres. Zu meiner Zeit als Polizist haben wir sie in Ruhe gelassen.»

«Warum?»

«Sie sind reich und mächtig. Ihnen in die Quere kommen, wäre zu gefährlich. Sie passen sogar für die Polizei mit auf, dass hier alles friedlich ist. Diebe und Randalierer haben keine Chance. Die Polizisten heute haben deswegen auch wenig Arbeit. Sie kümmern sich hauptsächlich um den Straßenverkehr.»

«Kann man den Piraten vertrauen?»

«Ja. Wenn sie sagen, dass sie helfen, tun sie es auch. Jetzt muss ich aber los. Meiner Frau in der Pizzeria in Pitsidia helfen. Sonst ist sie sauer auf mich.»

Siebenundzwanzig

Montag, 16. Juni, Matala

Der dreieinhalb stündige Flug von Köln nach Heraklion war pünktlich, ruhig. Marlene und Mary schliefen fast die gesamte Zeit.

Während sie am Kofferband am Flughafen auf ihr Gepäck warteten, schrieben sie eine Nachricht an *Matalatraum*. «Wir sind gut gelandet und ungefähr um halb zehn zum Frühstück im Hotel.»

Beim Transfer hatten sie Glück. Ein Taxifahrer wartete bereits auf sie, nahm den Trolley und die Reisetasche, legte sie in den Kofferraum. Bei strahlendem Sonnenschein fuhren sie los.

Der Fahrer war schweigsam, so dass die Freundinnen dösen konnten. Störend war nur, dass er dauernd den Rotz in der Nase geräuschvoll hochzog.

Die Fahrt mit dem Taxi hatte keine anderthalb Stunden gedauert. Um viertel nach neun standen Marlene und Mary vor dem Hotel, bewunderten das Straßenbild von Rudi, Kuni und Janis. Sie gingen in der

Hotelhalle. Der freundliche Chef an der Rezeption nahm ihre Ausweise. «Kalimera! Ihre Freunde sind gleich da.» Er reichte Mary einen Schlüssel. «Den hat Herr Kunibert Wurzel für sie dagelassen, falls sie das Gepäck schon hochbringen möchten.»

Sie stutzte, lächelte aber. Wie ein Doppelzimmer mit Kuni? Ohne sie zu fragen? Eine Woche lang? Ob das gutgeht? «Wir warten lieber.»

Marlene sollte aber nicht in das Einzelzimmer, das für Kuni gebucht war. Das wäre für Rudis Tochter reserviert. «Sie bekommen ein Doppelzimmer.» Der Chef zwinkerte ihr zu. «Überraschung.» Er reichte Marlene den Schlüssel. «Sie haben Zimmer sieben, zusammen mit ...»

«Mir», flüsterte Rudi, der plötzlich hinter ihr stand, sie umdrehte und in seine Arme nahm.

«Oh», rief Marlene. Sie kuschelte sich an ihn, hob den Kopf, starrte ihn an. «Schön», murmelte sie. Tränen kullerten über ihre Wangen. Er wischte sie sanft mit dem Daumen weg. Marlene streichelte sein Gesicht, hauchte einen Kuss auf seinen Mund. «Herrlich, diese Überraschung. Kneif mich mal ...»

Doch Rudi strich mit den Fingern durch ihre kurzen grauen Haare. «Komm mit, Traumfrau. Du auch, Mary. Frühstück ist fertig auf der Terrasse.»

«Ihr Gepäck stelle ich so lange in die Kammer», sagte der Chef. «Kali orekßi ... oder guten Appetit!»

Kuni stand vor dem üppig gedeckten Tisch, auf dem sogar zwei Vasen mit Blumen waren. «Willkommen in Matala.» Er umarmte Mary. «Die Wildblumen haben wir in Nikos Garten für euch gepflückt.», sagte Rudi.

Nach dem Frühstück war es praktisch, dass sie draußen saßen. Man konnte am Tisch sitzen bleiben und in aller Ruhe rauchen. Sogar Kuni seine Pfeife.

Die beiden Zimmer, mit Kiefermöbeln und Klimaanlage ausgestattet, lagen nebeneinander im ersten Stock, jeweils mit einem Balkon zur Straße hin. Man konnte auch das Meer sehen und die Hippiehöhlen. «Treffen gegen drei auf einen Frappé auf der Terrasse», schlug Kuni vor.

«Was ist ein Frappé?», fragte Marlene, als sie mit Rudi im Zimmer war. Sie räumte ihre Sachen in den Schrank, nahm seine Gitarre in die Hand.

«Ein leckeres kaltes Getränk, aus Instantkaffee, Zucker, Wasser und Eiswürfel zubereitet. Das alles wird durch Mixen aufgeschäumt.»

«Spielst du mir was vor?» Marlene legte sich aufs Bett. «Drei Stunden Schlaf sind zu wenig gewesen.» Sie gähnte.

Rudi setzte sich zu ihr. Schon nach einem Lied war sie eingeschlafen.

Als Marlene nach zwei Stunden die Augen öffnete, lag sie in Rudis Armen. Er war wach, küsste sie zärtlich. Nach der gemeinsamen Dusche gingen sie runter auf die Terrasse. «Bleib heute im Schatten zum Eingewöhnen. Es ist heiß, ich glaube dreißig Grad.» Er verteilte etwas Sonnencreme in ihrem Gesicht.

Nachmittags halfen Rudi und Kuni Nikos, Raki in die Flaschen abzufüllen. Sie probierten die neue Mischung mit etwas Honig drin.

Marlene und Mary schlenderten durch den kleinen Ort, staunten über die vielen bunten Bilder auf den Straßen.

«Ich wollte schon immer mal Flip-Flops haben», sagte Marlene. «Guck mal, die riesige Auswahl.» Sie probierte einige an, entschied sich für die hellblauen. «Genau die Farbe wie Himmel, Meer und mein Jeansrock. Die lass ich gleich an.» Die Verkäuferin steckte ihre Turnschuhe in eine Tüte.

Dann stiegen sie die Treppen zum Strand runter mit den blau weißen Sonnenschirmen und blauen Liegen auf dem feinen Kies, liefen in der halbrunden Bucht am Wasser entlang bis zu den Höhlen. Dort tranken sie in einer Strandbar einen frisch gepressten Orangensaft. Im Schatten.

Auf dem Weg über den Parkplatz zum Hotel entdeckte Marlene einen Laden. «Oh, diese Farben. Lass uns reingehen.» Dort gab es bunte Kleidung aus Indien und klare Designs von heimischen Näherinnen.

Sie kaufte ein kurzärmeliges Sommerkleid, rot mit vielen Margeriten auf dem weichfallenden Stoff, knielang. Und einen roten Strohhut mit weißer Schleife.

«Du siehst aus wie Mary Poppins, das steht dir», sagte Mary.

«Okay, dann lass ich es an für heute Abend.»

Außerdem suchten sich die Freundinnen noch Hippiesachen aus. Mary eine bunte dreiviertellange Hose, Mary einen langen Batikrock in Blautönen. Und je zwei passende Tops.

Als die beiden aus dem Laden kamen, klatschten Rudi und Kuni Beifall. «Wir haben euch beobachtet. Auf einen farbenfrohen Urlaub!»

«Nikos hat uns *Annas Taverna Sunset* fürs Abendessen empfohlen. Auf der Terrasse zum Meer könnten wir einen wunderbaren Sonnenuntergang genießen», sagte Rudi. «Wir sollten am besten schon um sieben dort sein.»

Er, Marlene, Mary und Kuni gingen bis zum Ende der Bucht. Der Weg führte weiter durchs *Hakuna Matata* Lokal, danach stiegen sie die vielen Stufen hoch zur Taverne. Sie steuerten auf die windgeschützte Terrasse zu und warfen dabei einen Blick in die offene Küche. Es roch schon mal herrlich. Und was für ein fantastischer Blick aufs Meer, auf Matala und die Höhlen. Mary fotografierte, schickte Tina die Bilder.

Sie bestellten Moussaka, einen Auflauf mit Auberginen, Kartoffeln, Hackfleisch und Schafskäse.

Lammkotelett, Schwertfisch, gefüllte Paprika, grüne Okraschoten in Tomatensauce und einen Hauswein.

«Was ist Okra?», fragte Marlene.

«Das sind die sogenannten *Ladyfinger,* grüne Schoten vom Okrastrauch, sehr vitaminreich», sagte Rudi.

Alle probierten von den Leckereien der anderen, genossen dann den Sonnenuntergang beim Rauchen und bei einem Raki.

Auf dem Rückweg zum Hotel tranken sie noch ein Mythos Bier in einem Musikcafé am Dorfplatz. Der Wirt stellte einen Teller mit köstlichen Erdbeeren, süßen Melonenstückchen und eine Schale mit Nüssen mit auf den Tisch. Und zum Schluss eine Runde Raki aufs Haus. Mit je einer Kirsche im Glas.

«So wohl habe ich mich schon lange nicht mehr gefühlt», flüsterte Marlene, drückte Rudis Hand.

Achtundzwanzig

Dienstag, 17. Juni, Matala

Am nächsten Morgen brachen Mary und Kuni früh auf zu einem zweitägigen Ausflug mit dem Suzuki Jeep. Am ersten Tag fuhren sie an der Südküste entlang bis *Agios Nikolaos* an der Westküste. Sie übernachteten in einem Apartment mit Meerblick. Im Erdgeschoss waren ein Café und ein Restaurant. Kuni hatte Mary zu dieser Freundschaftsreise eingeladen. Sie waren noch nie vorher zusammen verreist.

Am zweiten Tag wollten sie weiterfahren bis *Elounda*, übersetzen mit einem Fischerboot zur ehemaligen Leprainsel *Spinalonga*. Am Nachmittag dann weiter an der Nordküste entlang bis Heraklion. Von dort dann direkt gen Süden nach Matala zurück.

Marlene und Rudi schlenderten am Strand entlang, beobachteten die ersten Vorbereitungen für den Aufbau der Bühne vor den Hippiehöhlen.

«Komm, wir kaufen eine Eintrittskarte und klettern da hoch.», sagte Rudi.

«Mit den Flip-Flops?»

«Gib mir deine Hand, dann klappt es. Weiter oben kannst du barfuß laufen.»

Er zeigte ihr die Höhle, in der er damals gewohnt hatte.

«Auf diesem Steinpodest habe ich geschlafen.»

«War das nicht zu hart?»

«Mit Luftmatratze war es okay.»

Sie setzen sich, schauten durch die Eingangsöffnung hinaus aufs Meer.

«Traumhaft», sagte Marlene. «Guck mal. Am Horizont zerfließt das Blau vom Meer in das Blau des Himmels. Es ist nur etwas heller.»

«Leider kann ich dir nicht einen Sonnenuntergang von hier aus zeigen. Gegen Abend ist das Gelände der Höhlen abgesperrt, damit keine Touristen nachts hier rumklettern.»

Rudi umarmte sie. «Schade, dass wir uns damals noch nicht kannten.» Marlene küsste ihn.

Nach einer Stunde kletterten sie vorsichtig wieder runter zum Strand. Dort staunten sie über den Mann, der mit einem Schaf spazieren ging, das hinter ihm her trottete. Ohne Leine. Sie folgten ihm zur Straße, sahen, wie das Tier mit ihm zusammen einen Laden betrat.

Im Ort trafen sie auf mehrere Hunde, die allein herumliefen. Sie hatten ein Halsband um und kümmerten sich kaum um die an den Leinen zerrenden Tiere der Touristen.

Am Ende der Bucht zeigte Rudi Marlene an einer Mauer das aufgemalte Motto von Matala. *Today is life. Tomorrow never comes.*

«Ich fühle es ...» Sie strahlte. «Dies ist unser gemeinsamer Ort, genau wie Halbhusten.»

«Ja, Matala ist ein besonderer Ort, ein Wohlfühlort. Lässig, ruhig, voller Musik und Lebensfreude.» Rudi nahm ihre Hand. «Komm, ich zeige dir noch was.»

Vom Dorfplatz aus gingen sie einen schmalen Weg etwas raus aus dem Dorf.

«Wow! Sieht das irre aus. Da ist was in den großen Felsen rein gebaut.» Marlene staunte.

Rudi zeigte auf ein Schild. «Die *Church of Panagia*, eine kleine Kapelle. Lass uns reingehen», sagte er.

Sie betrachteten die Ikonen an den Wänden und einige Marmorfragmente, sagten kein Wort.

Draußen vor dem Eingang nahmen sie Platz auf der Bank, sich zärtlich bei den Händen haltend.

«Ich verspreche dir, immer für dich da zu sein. Möchtest du das?», fragte Rudi.

«Das ist lieb von dir. Ich hätte nie gedacht, dass ich in meinem Alter noch so einem wundervollen Menschen begegnen würde.» Marlene schaute ihn an, lächelte. «Ich will dich nicht verlieren.»

Rudi küsste sie sanft. «Wir schaffen das.» Er stand auf. «Komm mit, Nikos Frau hat uns zum Essen eingeladen.»

Sie saßen am Tisch vor dem kleinen Haus. Es gab kretischen Salat, zusätzlich zum griechischen waren da Kartoffeln und Eier drin.

«Wer möchte Paximadi dazu?», fragte Nikos. Er brach ein Stück vom mehrfach gebackenen harten Brot ab, legte es Marlene auf den Teller, tröpfelte etwas Olivenöl darüber.

«So wird es weicher.»

Seine Frau holte noch ein großes Omelett mit Käse aus dem Haus, zerteilte es feine Streifen. «Noch etwas Warmes zum Salat», sagte sie.

Zum Schluss gab es den neuen Honigraki zum Probieren.

«Es ist ein guter Zusatzverdienst im Sommer, wenn die Touristen kommen. Alles Bio. Auch was aus dem Garten kommt» Er erzählte, dass er ansonsten von seiner Rente lebte. Fast dreißig Jahre hatte er in Deutschland im Schichtdienst in der Metallverarbeitung geschuftet. «Jetzt ist die Wärme hier besser für die alten Knochen.»

Alle halfen Nikos Frau, den Tisch abzuräumen und beim Abwasch in der kleinen Kochecke im Haus.

«Übrigens Rudi, in dein Zimmer passt auch ein breiteres Bett», sagte Nikos. «Das ist bequemer für dich und deine Freundin. Ihr seid jederzeit herzlich willkommen hier.»

Abends waren schon die ersten Straßenmusiker in Matala. Marlene und Rudi saßen draußen vor dem *Mermaid Café*, tranken Mythos Bier. Sie trug ihren neuen Hippierock.

«Als Hippie gefällst du mir noch besser. Ich fühle mich wie damals hier. Nur viel glücklicher», sagte Rudi.

Diesmal hatte er seine Gitarre mitgenommen. Er und ein Engländer spielten einige Rolling Stones und Beatles Songs. Die anderen Gäste sangen mit. Marlene gefiel *Hey Jude* besonders gut, weil Rudi das Lied mit leiser gefühlvoller Stimme sang. Diesmal war es still. Bei der Zeile *Remember to let her into your heart* sah er sie an und nickte. Dann kam noch ein Mann mit Saxophon dazu. Tosender Beifall folgte.

Auf der gegenüberliegenden Straßenseite bereitete sich später eine griechische Band auf den Auftritt vor. Als die jungen Musiker ihre Lieder spielten, tanzten Marlene und Rudi auf der Straße. Immer und immer wieder.

Neunundzwanzig

Mittwoch, 18. Juni, Matala

Marlene und Rudi hatten nach der langen Nacht bis zehn Uhr eng aneinander gekuschelt geschlafen und ausgiebig gefrühstückt. Zum Glück war das bis elf möglich. Bei der dritten Tasse Kaffee und der zweiten Zigarette kam eine Nachricht an bei *Matalatraum*.

«Oh, Kuni schreibt, dass der Pirat Petros am Abend in Matala ist.» Marlene las weiter vor. «Wir sollen zur Taverne *Sirtaki* an den Strand kommen. Um neun.»

«Okay», meinte Rudi. «Dann fahren wir heute zum Komos Beach.»

«Mit dem Motorrad?»

«Für die kurze Strecke brauchen wir keinen Helm für dich. Ich fahre langsam und vorsichtig.»

Auf dem Weg zu Nikos Haus kamen sie an einem Infostand des Vereins Archelon zur Rettung der Caretta Schildkröten vorbei. Jedes Jahr lud man Freiwillige ein, in der Zeit von Mai bis Oktober die Nester an den Stränden Griechenlands zu schützen.

«Auch am Komos Strand legen die Schildkröten ihre Eier ab. Die Nester markieren wir und stellen Hinweisschilder auf», erzählte ihnen eine junge Frau. «Wir passen auf, dass alle geschlüpften Schildkröten den Weg ins Meer finden.»

Sie spendeten etwas Geld, Rudi fragte spontan, wie er helfen könnte. Er schrieb seine Handynummer auf.

Ein Stück weiter bauten gut gelaunte Menschen auf beiden Straßenseiten ihre Stände für die Hippieklamotten auf oder für die Versorgung mit Essen und Getränken.

Marlene fuhr zum ersten Mal auf einem Motorrad mit. Sie genoss den Fahrtwind, hielt sich an Rudi fest.

«Wow, ist das toll hier. Ruhiger als in Matala.», sagte sie.

«Ja, vor allem während des Festivals in den nächsten Tagen. Der breite Kommos Sandstrand ist fast zwei Kilometer lang, er reicht bis zum nächsten Ort Kalamaki.»

Sie nahmen zwei Liegen mit Sonnenschirm, cremten sich gegenseitig zärtlich ein, dösten im Halbschatten.

Das Meer war ruhig, klar und lud zum Schwimmen ein. Zum Trocknen der Badehose und des Badeanzugs setzten sie sich auf ein Handtuch und genossen die Sonnenwärme bei einem leichten Wind. In der urigen Taverne am Strand aßen sie einen Burger mit Salat, teilten sich eine kleine Flasche Wasser.

Gegen drei Uhr stellte Rudi das Motorrad wieder bei Nikos ab. Er half ihm noch kurz, einige Flaschen Raki abzufüllen.

Dann umarmte Marlene Rudi. «Ich habe Lust auf etwas Ausruhen im Hotel.» Sie küsste ihn. «Und auf dich.»

Nach einer ausgiebigen Dusche kaufte Rudi im kleinen Laden gegenüber vom Hotel eine Sechserpackung Wasser, zwei Tüten Nüsse, Bananen und Schokolade für Marlene. Während des Festivals würde es wohl wegen der vielen Menschen kaum noch Extras nach dem Essen oder beim Bier geben.

Beide warteten auf der Terrasse auf Mary und Kuni. Die hatten geschrieben, dass sie um sieben von ihrem Ausflug zurück wären. Rudi bestellte Frappé, ein Glas Wasser gab es gratis dazu.

Gegen halb acht trudelten die Freunde ein, begrüßten sie herzlich. Sie schwärmten von der Reise, erwähnten kurz die Highlights. «Geht ihr gleich schon mal vor. Wir müssen erst noch duschen und uns umziehen.» Mary nahm Kunis Rucksack. «Wir werden pünktlich sein.»

Auf dem Weg zur Taverne besorgten Rudi und Marlene Nachschub für alle in der Zigarettenbude. Sie holten sich ein Hörnchen Eis beim Bäcker, bummelten durch den Ort, probierten Sonnenhüte auf, fotografierten, lachten.

Die Fotos schickten sie Tina und Karla.

Der Pirat Petros war offensichtlich ein beliebter Gast im *Sirtaki*. Der Wirt begrüßte ihn überschwänglich, zeigte auf einen großen Tisch mit Blick aufs Meer.

Petros brachte zwei Männer mit, ebenfalls komplett schwarz gekleidet, muskulös.

«Das sind Abraxas und sein Sohn Dimi. Als Bodyguards ein eingespieltes Team.» Er klopfte ihnen auf die Schulter. Sie begrüßten die Oldies.

«Sie wohnen bis Montag auch im *Zafiria*.»

«Auf wen sollen wir aufpassen?», fragte Dimi.

«Auf mich», sagte Rudi. Er umarmte Marlene. «Und auf meine Freundin.»

«Ein schönes Pärchen», meinte Petros. «Okay, die Details besprechen wir nach dem Essen.»

Der Wirt brachte zunächst eine große Vorspeisenplatte. Darauf waren mit Reis, Minze und Zitrone gefüllte Weinblätter, in Olivenöl gebratener Ziegenkäse mit verschiedenen Dips. Tsatsiki, Fava aus Kichererbsen, Auberginenmus, Feta mit getrockneten Tomaten und schwarzen Oliven, geröstetes Olivenbrot.

Danach gab es die köstliche Seafood Platte Spezial. Dazu den extra guten Hauswein.

Zum Nachtisch naschten alle ein Stück Walnusskuchen. Eine kleine Karaffe mit Honigraki stand ebenfalls auf dem Tisch.

«Ich hoffe, es hat euch geschmeckt», sagte Petros. Alle nickten und bedankten sich für das köstliche Essen.

«Ab morgen wird es voll in Matala. Rudi, du darfst nicht mehr alleine mit deiner Freundin irgendwo hingehen. Eure Bodyguards begleiten euch überall hin.

Natürlich nicht ins Hotelzimmer.» Er grinste. «Sie passen abwechselnd davor auf.»

«Rudi, oder auch du Marlene, ihr wisst, wie der Boss aussieht», sagte Kuni. «Gebt mir und euren Beschützern ein Zeichen, wenn ihr ihn seht.»

«Abraxas, du merkst, dass dieser Kommissar mit aufpasst», meinte Petros.

«Ex- Kommissar.» Kuni lachte. «Wie wäre es, wenn ihr ihn fotografiert und sofort das Foto in die *Matalatraum* Gruppe stellt?»

«Habt ihr WhatsApp?», fragte Petros die Bodyguards. Sie nickten.

«Okay, dann füge ich euch hinzu», sagte Kuni. «Auch wegen Absprachen und falls wir uns bei den Menschenmassen beim Festival verlieren sollten.»

«Oder wir rufen ganz laut *Hallo Boss* und zeigen mit dem Finger auf ihn. Was meint ihr?», fragte Marlene.

«Das ist auch gut. Wer kommt denn noch auf ein Bier mit in die Kreta Bar?», wollte Petros wissen. Alle folgten ihm.

Dreißig

Donnerstag, 19. Juni, Köln, Heraklion und Matala

Karla legte den Rucksack in das Gepäckfach, setzte sich auf ihren Sitz am Gang im Flieger nach Heraklion.

Der junge Mann neben ihr sah sie erstaunt an. Wo hatte er die hübsche Frau schon mal gesehen? Oh nein, in Gummersbach. Das war ja die Tochter vom Agenten Fabian, den er töten sollte.

«Hallo, ich bin Ben.» Er gab ihr die Hand.

«Hi, Karla. Ich fliege zum ersten Mal nach Kreta. Weißt du, wo der Bus nach Matala abfährt?»

«Du willst zum Beach Festival?»

«Ja, mein Vater hat mich eingeladen.»

Aha, dachte Ben. Er hat es also geschafft. Erstaunlich!

«Ich habe ein Motorrad gemietet, du kannst mitfahren.»

«Danke für das Angebot. Ohne Helm fahre ich nicht.»

«Hol mal bitte den blauen Rucksack aus der Ablage.»

Karla stand auf, wuchtete ihn auf ihren Sitz.

«Probier den mal auf.» Benz zog einen Helm heraus. «Wir haben beide kurze Haare, sogar dunkle.» Er lachte.

«Passt super. Jetzt hast du aber keinen.»

«Vielleicht bekomme ich einen bei der Vermietung am Flughafen. Wenn nicht, fahre ich ohne. Hier geht das.»

«Okay. Danke» Karla verstaute den Rucksack mit dem Helm wieder im Gepäckfach.

«Hast du ein Zimmer in Matala?»

«Ja. Sogar im gleichen Hotel wie Papa und seine Freundin.»

«Ich habe noch keins, leider war alles ausgebucht. Kann ich vielleicht bei dir im Zimmer auf dem Boden schlafen? Eine Luftmatratze kann ich ja im Ort kaufen, oder?»

«Wenn der Hotelchef sein Okay gibt, ja.» Karla musterte den jungen Mann. Ihr gefielen seine himmelblauen Augen, die sie anlachten. Sehr sympathisch, dieser Typ. Er war wohl so um die dreißig, genau wie sie.

«Dein Vater freut sich bestimmt, dass du kommst.» Ben wusste jetzt, was er nicht tun würde.

«Und wie. Aber er hat Angst, dass so ein gewisser Boss ihn sucht und ihn und Marlene tötet.»

«Ich weiß.»

Karla sah ihn erschrocken an. «Kennst du ihn?»

«Ja, deinen Vater auch. Der Boss ist mein verrückter Bruder. Mich hat er schon auf dem Papier für tot erklärt.»

«Wirst du verfolgt?

«Ich weiß es nicht.»

«Papa und Marlene haben Bodyguards.»

«Und ich einen Plan, der könnte klappen. Jetzt erst recht.»

Dann tuschelten die beiden nur noch. Karla nickte mehrmals, lächelte sogar.

In Heraklion schaltete Ben sein Handy wieder an. Prompt kam ein Anruf vom Boss. «Du fährst jetzt sofort nach Mires!»

Karla und er fuhren mit dem Motorrad los, Ben ohne Helm. Niemand redete wegen der Handyüberwachung.

Kurz vor Mires hielten sie an. «Hilfe, ein LKW rammt mich! Au! Hilfe! Schei ...», schrie Ben. Er ließ das Motorrad mehrmals aufheulen, schmetterte sein Handy gegen einen kleinen Felsen, schmiss es auf den Boden, trat darauf rum. Dann nahm er die Speicherkarte heraus, steckte sie in die Hosentasche, warf das demolierte Handy in einen Müllcontainer auf der anderen Straßenseite.

«So, Bruderherz. Das war's. Jetzt bist du dran.»

Nachmittags erkannte Rudi Ben sofort, als Karla mit ihm auf die Hotelterrasse kam. «Das ist der Bruder vom Boss», rief er. Er wurde kreidebleich, zeigte auf den jungen Mann. Sofort stürzten sich Abraxas und Dimi auf ihn, durchsuchten ihn nach einer Waffe.

«Papa, beruhige dich.» Karla umarmte ihren Vater. «Ben hilft uns.»

Rudi trank einen Schluck Kaffee. Er atmete tief durch.

Die Bodyguards ließen Ben los. «Er hat keine Waffe, auch kein Handy.»

«Ich musste hierhin, ich sollte in Mires eine Pistole besorgen, dich und Marlene töten. Mit dem Handy hat er mich überwacht. Aber jetzt ist Schluss mit Boss.»

«Ben hat kurz vor Mires einen Motorradunfall vorgetäuscht und sein Handy zerstört. Bitte glaub ihm, Papa. Er wollte euch nicht töten.»

«Wenn ich nicht geflogen wäre, hätte er mich vergiftet. Karla meint auch, dass es eine gute Idee ist, ihn hierher zu locken und ihn irgendwie festzusetzen.»

«Das könnte klappen», meinte Kuni. «Hast du eine Idee, Abraxas?»

«Ich rufe Petros an», sagte er.

Marlene und Mary staunten, wie schnell die Piraten zusammen mit Ben, Rudi und Kuni den Plan ausgeheckt hatten. Darauf gab es eine Runde Raki für alle.

Ben eilte zur Telefonzelle schräg gegenüber der Terrasse. Er sollte auf keinen Fall seinen Bruder vom neuen prepaid Handy anrufen, das er sich gekauft hatte. Er sagte dem Boss, dass er kurz vor Mires einen Unfall hatte und jetzt im Health Care dort lag. Der Doktor wollte ihn unbedingt sprechen. Dann könnte er selbst die Waffe holen und das auch mit dem Agenten Fabian und seiner Freundin erledigen. Er gab ihm die Nummer von Doktor Petros durch. «Ruf ihn an, wenn du in Heraklion gelandet bist, dann weiß er, dass du in etwa einer halben Stunde mit dem Taxi in Mires bist.» Kaum hatte Ben das gesagt, legte der Boss auf. Bestimmt fluchte er laut vor sich hin.

Dimi war mit ihm bei dem öffentlichen Telefon gewesen. Er zeigte den Daumen nach oben. «Gut gemacht.»

«Muss ich mit ins Krankenhaus?», fragte Ben, als sie wieder bei den anderen waren.

«Nein, wir übernehmen deinen Bruder dort», sagte Abraxas. «Was ist er von Beruf?»

«Koch.»

«Super. Den brauchen wir dringend.»

«Wie sieht er aus?»

Ben zog ein Foto aus seiner Geldbörse. «Hier. Er ist Mitte vierzig, etwas größer als ich, Glatze.» Er zerriss das Bild, legte die Schnipsel in den Aschenbecher.

«Probleme lösen sich in Wohlgefallen auf, wenn man die Geduld hat zu warten», meinte Rudi. Er drückte Marlenes Hand.

Ben bedankte sich für die Hilfe und lud alle zum Essen ein. «Welche Taverne empfehlt ihr?»

«*Die Zwei Brüder,* ist ganz in der Nähe», sagte Dimi. «Der Familienbetrieb hat gutes Essen mit Pfiff aus lokalen Lebensmitteln.»

Ben durfte für zwanzig Euro mit in Karlas Zimmer übernachten, inklusive Frühstück. Karla und er brachten ihre Rucksäcke dorthin, bevor sie losgingen.

Die Bodyguards tranken beim leckeren Essen keinen Wein, Bier oder Raki. Vielleicht tauchte der Boss noch spätabends oder morgen ganz früh auf. Sie mussten dann schnell nach Mires fahren, um vor ihm dort zu sein.»

«Denkt daran, eure Autos oder Motorräder draußen vor der Absperrung zu parken», sagte Dimi.

«Ab Freitag darf niemand mehr während des Festivals im Ort fahren, nur die Lieferwagen oder die Müllabfuhr früh morgens.»

Einunddreißig

20.- 22. Juni, Mires und Matala Beach Festival

Früh morgens stieg der Boss aus dem Taxi vor dem Health Care in Mires. Am Eingang wartete Abraxas.

Der Boss sah sich suchend um.

«Kann ich Ihnen helfen?»

«Ich suche meinen Bruder Ben Bogenhausen. Er hatte einen Unfall.»

«Kommen Sie bitte mit.»

Der Pirat öffnete eine Tür, führte ihn den Flur entlang. Petros und Dimi kamen auf sie zu, legten ihm Handschellen an. Abraxas zog ihm eine Pistole hinten aus dem Hosenbund.

«Hey, was soll das?», schrie der Boss. Zu dritt schoben sie ihn aus dem Hintereingang in einen schwarzen Jeep. Er saß auf der Rückbank zwischen Abraxas und Dimi. Petros fuhr los.

Am Absperrgitter am Ortseingang von Matala parkte er das Auto. Dimi hielt dem Boss eine Wasserflasche an den Mund.

Ben riss die Wagentür auf. «Damit hast du wohl nicht gerechnet», sagte Ben. «Jetzt habe ich keine Angst mehr vor dir!» Er bedankte sich bei den Piraten, ging zu den anderen, die etwas abseits standen. «Wir auch nicht», riefen Marlene und Rudi.

«Wir nehmen ihn mit, setzen ihn fest. Er kann Kreta nie mehr verlassen, wir brauchen den Koch.» Petros umarmte Kuni. «Viel Spaß euch allen beim Festival. Jetzt könnt ihr es genießen! Der Boss ist ohne Waffe und Handy nicht mehr gefährlich.»

Ein Stück weiter stand ein Toyota Pick-up mit Obst, Papiertüten und einer alten Waage auf der Ladefläche.

Mary kaufte eine Tüte Kirschen, Marlene und Rudi zwei Stücke Melone, Kuni Erdbeeren, Karla und Ben Pfirsiche für ein kleines Picknick am Strand, der schon voller war als sonst. Samstag und Sonntag wollten sie eher zum Komos Beach oder an den Hotelpool.

Ab 17: 00 Uhr ging es los auf der großen Bühne am Strand. Es spielte die *GB Blues Band*, danach *Renegade*.

Die Freunde saßen im *Zafiria* Restaurant mit Blick auf die Bühne. Sie aßen Souvlaki Spieße, Tintenfischringe, Gyros, Pizza, Spagetti. Dazu Tsatsiki mit Oliven, Tomaten und Brot. Und für den Durst zwei große Flaschen Wasser. Es war ja noch früh am Abend.

Petros schickte ein Video in die *Matalatraum* Gruppe, zu der jetzt auch Ben gehörte. Alle staunten über das, was sie da sahen.

Der Boss trug eine schwarze kurze Hose, ein schwarzes T-Shirt, schwarze Sandalen. Um sein rechtes Fußgelenk war ein breiter Metallring mit einer langen Kette, die an der Mauer im Hof des kleinen alten Hauses befestigt war. Die Stimme von Abraxas forderte ihn auf, zu zeigen, wie weit er mit der Kette laufen konnte. Der Boss schlurfte ins Haus, in die Küche, in den Schlafraum, zum Plumpsklo mit dem Waschbecken. Dann wieder in den Hof.

«Weiter kommt er nicht», sagte die Stimme. «Er kann schlafen, aufs Klo, kochen oder sich an den Tisch draußen setzen. Zum Duschen holen wir ihn jeden Morgen zu uns ins Haus. Ohne Kette. Dann bekommt er auch frische Klamotten zum Anziehen. Wir kaufen die Lebensmittel ein, die er braucht, um uns im Dorf mit köstlichem Essen zu verwöhnen. Außenkontakte sind nicht möglich. Er hat auch keinen Computer.»

«Wie erklären wir das denn dem Kommissar Sauerland?», fragte Rudi.

«Wir sagen die Wahrheit. Der Schurke ist auf Kreta lebenslänglich festgesetzt.», meinte Rudi.

«Genau», sagte Ben. «Kein Chauffeur, Notarzt oder Bestatter mehr. Nur noch Koch, ohne Gift. Den vermisst niemand. Bestimmt ist er mit falschen Papieren hierhin gekommen.» Er zog die Speicherkarte aus der Hosentasche, gab sie Kuni. «Da ist ein Gespräch mit meinem Bruder drauf. Mit seiner Drohung, mich umzubringen. Falls ihr das in Deutschland braucht.»

Nach dem Essen gingen sie zum Strand, näher an die Bühne, holten sich ein Bier am Getränkestand. Mittlerweile spielte die Band *Crossroads,* anschließend *Viva Carlos.*

Rudi beobachtete seine Tochter und Ben. Die schienen sich gut zu verstehen. Geheuer war ihm das nicht.

«Ich glaube, der junge Mann ist froh, dass er seinen Bruder los ist.» Marlene grinste.

«Die alte Dame, Gertrud, hat ja auch vermutet, dass er nur gezwungenermaßen beim Boss war und vermutlich schon früher wegwollte.»

«Tja, Väter und Töchter. Carla ist stark, sie weiß, was sie will.»

Rudi nahm sie in den Arm, küsste sie. «Du hast ja Recht.»

Später schlenderten sie vom Strand hoch zum Dorfplatz. Dort war auch live Musik. Meistens spielten junge griechische Bands.

Obwohl jetzt schon sich wesentlich mehr Menschen in Matala aufhielten, die extra zum Festival anreisten, gab es kein Gedränge, kein Gegröle. Alle waren fröhlich und gelassen, auch wenn sie länger auf die Getränke oder Speisen warten mussten.

Wenn ein *Sirtaki* erklang, standen sie von ihren Sitzplätzen rund um den Dorfplatz auf und tanzten gemeinsam den Tanz aus dem Film *Alexis Sorbas*.

Die beiden nächsten Tage erwartete man noch viel mehr Festival Besucher. «Da sind große Familien von ganz Kreta hier, von den Urenkeln bis zu den Urgroßeltern.» Der Wirt der Musikkneipe lachte. «Alle wollen feiern. Kein Wunder bei dem schönen Wetter. Sonne, etwas Wind, 30 Grad.»

Beim Frühstück am Samstagmorgen beschlossen die Oldies, eher paarweise loszuziehen. Man könnte sich ja um drei nachmittags im *Smile Café* oder gegen 18:00 Uhr auf der Hotelterrasse treffen. Karla und Ben fanden die Idee auch gut. Ansonsten lief man sich eh in dem kleinen Ort dauernd über den Weg. An der Bühne am Strand, am Dorfplatz oder im *Mermaid Café*. Marlene, Mary und Karla kauften noch Blumenbänder fürs Haar. Die gehörten zum Hippiefeeling dazu.

Das Festival war kostenlos. An der Absperrung am Dorfeingang stand aber eine Box für Spenden. Die Preise für Getränke und Speisen waren nicht erhöht. Lediglich die Extras nach dem Essen in den Tavernen fielen aus. Service und Freundlichkeit gab es aber wie gewohnt.

Marlene und Rudi fühlten sich wie in einem Musikrausch. Letzte Nacht schliefen sie sogar bei geöffnetem Fenster bei der Beach Party Musik eng aneinander gekuschelt ein. Fröhlich, ausgelassen, verliebt wie Teenager genossen sie die Tage und Nächte.

Sie kicherten, als ihnen auch Karla und Ben am Abend händchenhaltend im Dorf begegneten. Sie wollten auch zur Bühne am Strand und den griechischen Star *Tonis Sfinos* erleben. Die Show des Sängers, Tänzers und Schauspielers mit seinen Musikern im 60er Styling war außergewöhnlich unterhaltsam.

Die Band *The Policed* danach hörten sich Marlene und Rudi auf ihrem Balkon im Hotel an.

Am Sonntag trafen sie sich nachmittags beim Body Painting Stand und malten sich gegenseitig Herzchen auf die sonnengewärmte Haut. Sie beschlossen, *The Doors Alive* und *Shantel* gemeinsam zu hören .... alle saßen am Strand. Abends waren nicht mehr so viele Menschen da.

«Ach so.» Kuni sah Marlene und Mary an. «Euren Transfer zum Flughafen morgen Mittag habe ich abgesagt. Ihr fahrt mit mir. Gegen eins müssen wir los. Leider.» Er trank an diesem Abend keinen Raki mehr als Absacker. Schließlich wollte er die Beiden sicher nach Heraklion fahren.

«Wann kommst du im August?», fragte er Rudi noch. «Ich buche dir den Flug, schicke das Ticket als Mail zum Hotel *Zafiria*. Die wissen Bescheid. Wir holen dich dann in Köln ab.»

Zweiunddreißig

Montag, 23. Juni, Matala

Kurz vorm Auschecken spielte Rudi einige Akkorde auf seiner Gitarre. Er holte einen zerknitterten Zettel aus der Hosentasche, zeigte ihn Marlene. «Das ist unser Lied. Ich habe es in Köln angefangen und auf der Fähre von Piräus nach Heraklion weiter geschrieben.»

«Da wusstest du es schon?», fragte sie.

«Es war nun mal Liebe auf den ersten Blick.»

«Today is life with the woman I love.

Yesterday's sadness is gone.

The sun is shining in our hearts.»

«Oh yeah.»

Die Musik wurde schneller, er sang lauter jetzt.

«Music is all around.

We're feeling like Hippies.

Dancing, laughing, singing our song.»

Es klopfte an die Tür. «Kann ich schon mal deinen Trolley haben?», fragte Kuni. «Wir fahren gleich.»

«Wow, was für ein schönes Lied.» Marlene stand auf, umarmte Rudi. «Voller Gefühle. Meine und deine auf gleicher Wellenlänge.»

«Ich schicke dir den ganzen Text und singe dir den Song jeden Tag am Handy vor.» Rudi küsste sie. «Wenn die Melodie fertig ist, singen wir es zusammen. Einverstanden?»

«Ich kann nicht singen.»

«Doch! Weil wir es fühlen.»

«Ich vermisse dich jetzt schon.»

Marlene, Mary und Kuni saßen zusammen mit Rudi, Karla und Ben noch kurz auf der Hotelterrasse auf einen Abschiedskaffee.

Der rote Jeep stand vor dem Hotel. Sie stiegen ein.

«Auf Wiedersehen im August in Halbhusten», sagte Rudi. Er, Karla und Ben winkten ihnen nach. Die Beiden flogen erst Dienstag zurück.

Epilog

Rudi lebt jetzt offiziell wieder, bekommt eine kleine Rente. Sogar seine ehemalige Gesundheitskarte hat man reaktiviert. Er und Marlene haben zwei Zuhause. Im Sommer Halbhusten und Matala im Winter.

Mary und Kuni besuchen sich nachts immer noch, sogar etwas öfters als vor der Reise nach Kreta.

Tina und Jule freuen sich immer riesig, wenn der Kommissar Antoine Sauerland seine Freizeit in Halbhusten verbringt. Er überlegt sogar, sich nach Olpe versetzen zu lassen.

Ben darf mit Billigung von Kuni, Rudi und Kommissar Sauerland die neue Identität mit dem anderen Nachnamen nutzen. Er hat anonym die Namen der Täter genannt, die bei seinem Bruder das Giftessen gebucht hatten, um ihre Angehörige loszuwerden. Die Eigentumswohnung in Hamburg hat er verkauft. Seine Harley ist jetzt auch in Gummersbach. Er lebt bei Karla, arbeitet als selbständiger Sicherheitsberater für Smartphones, soziale Medien und Homepages. Karlas Motorradladen fluppt.

Der Boss hat sich langsam mit der Sicherheitsverwahrung bei den Piraten im ruhigen Bergdorf auf Kreta arrangiert. Die Bewohner mögen ihn, lieben seine Kochkünste. Sie haben ihm sogar einen CD Player geschenkt. Elena, die in Heraklion arbeitet, bringt öfters Bücher vorbei, damit es ihm nicht zu langweilig wird.

In den Herbstferien will die gesamte Oldie-WG für eine Woche nach Matala. Sogar Antoine. Wie er den Flug überlebt, weiß er noch nicht.

Wenn Sie möchten, erreichen Sie mich über meine Homepage: www.ulla-buthe.de ... oder bei Facebook. Ich bin jetzt übrigens selbst Rentnerin.

Zeitfracht Medien GmbH
Ferdinand-Jühlke-Straße 7
99095 Erfurt, Deutschland
produktsicherheit@kolibri360.de